AF542999

Que el bien os acompañe

VASILI GROSSMAN

Que el bien os acompañe

Traducción de
Marta Rebón

Epílogo y notas de
Marta Rebón y Ferran Mateo

Galaxia Gutenberg

Título de la edición original: *Добро Вам*
Traducción del ruso: Marta Rebón

Publicado por
Galaxia Gutenberg, S.L.
Av. Diagonal, 361, 2.º 1.ª
08037-Barcelona
info@galaxiagutenberg.com
www.galaxiagutenberg.com

Primera edición: febrero de 2019
Segunda edición (primera en este formato): junio de 2025
Tercera edición: marzo de 2026

© The Estate of Vassili Grossman, 2019
© de la traducción: Marta Rebón, 2019
© del epílogo y las notas: Marta Rebón y Ferran Mateo, 2019
© Galaxia Gutenberg, S.L., 2019

Preimpresión: Maria Garcia
Impresión y encuadernación: Ulzama Digital
Depósito legal: B 2956-2025
ISBN: 978-84-10317-97-0

Cualquier forma de reproducción, distribución, comunicación pública o transformación de esta obra sólo puede realizarse con la autorización de sus titulares, aparte de las excepciones previstas por la ley. Diríjase a CEDRO (Centro Español de Derechos Reprográficos) si necesita fotocopiar o escanear fragmentos de esta obra (www.conlicencia.com; 91 702 19 70 / 93 272 04 45)

QUE EL BIEN OS ACOMPAÑE[1]

1. Publicado con el título *Dobró vam (Iz putióvij zametok)* [Que el bien sea con vosotros (De los apuntes de un viaje)] en el n.º 11 de *Znamia*, revista de la Unión de Escritores de la URSS, en 1988, con edición de Yekaterina Korotkova, hija de Vasili Grossman. Escritos a principios de 1962, estos apuntes de viaje, cuya publicación estaba prevista en la revista *Novi Mir* editada por Aleksandr Tvardovski, no vieron la luz finalmente debido a que el autor se negó a suprimir los pasajes relativos a la cuestión judía. No apareció hasta póstumamente, en 1965, con cortes significativos, en el periódico *Literatúrnaia Armenia* (n.os 6-7) y en una antología de obras de Vasili Grossman.

I

Las primeras impresiones de Armenia... Por la mañana, en el tren. Piedras de un gris verdoso, pero no en las montañas ni en los riscos, sino esparcidas en un terreno llano, campos pedregosos. Una montaña ha muerto, su esqueleto se desparramó por el suelo. El tiempo envejeció la montaña, le arrebató la vida, y aquí yacen sus huesos.

A lo largo de la vía férrea se extienden filas de alambre de espino. Tardo un poco en darme cuenta de que el tren circula en paralelo a la frontera turca. Veo una casita blanca y, al lado, un burrito: no es un burro de los nuestros, es turco. No se ve ni un alma. Los *askeri*[1] deben de estar dormidos...

Los pueblos armenios: casas de tejados planos, rectángulos bajos construidos con bloques de piedra gris. No hay vegetación. Alrededor de las casas no hay árboles ni flores, sino muchas piedras grises dispersas. Las casas no parecen levantadas por manos humanas. A veces la piedra gris cobra vida, se mueve. Son ovejas. También deben de haberlas engendrado las piedras; tal vez se alimenten de migas de piedra y beban su polvo. No hay hierba ni agua, sólo una estepa llana, pedregosa: piedras grandes, punzantes, grises, verdosas, negras.

Los campesinos visten el noble uniforme del pueblo trabajador soviético; chaquetones acolchados grises o negros. Los hombres son como las piedras entre las que viven, de rostro oscuro por su tez morena sin afeitar. Muchos llevan

1. En turco, «soldados».

calcetines blancos de lana por encima de los pantalones. Con los pañuelos grises alrededor de la cabeza, las mujeres se cubren la boca y la frente hasta los ojos. Incluso esos pañuelos son del color de la piedra.

De repente veo a un par de mujeres con vestidos de un rojo brillante, blusas rojas, chalecos rojos, cintas rojas, pañuelos rojos. Todo es rojo: cada prenda de su vestimenta es de un rojo distinto y llama con voz estridente, con su particular voz roja. Son kurdas, sus maridos crían ganado desde hace miles de años. ¿Acaso ésa sea su rebelión roja contra siglos grises entre piedra gris?

Mi vecino de compartimento, capataz de alguna obra, no deja de comparar la paradisíaca fertilidad de Georgia con las piedras de Armenia. Es joven, propenso a la crítica; si la conversación gira en torno al túnel de siete kilómetros de vía férrea abierto en el basalto, mi vecino dice: «*Eso* se construyó ya en tiempos de Nicolás II». Me habla de la posibilidad de comprar dólares o monedas imperiales de oro, me informa del tipo de cambio en el mercado negro. Se nota que envidia a aquéllos que mandan en asuntos de dinero. Luego me habla de un artesano de Ereván que forja coronas con hojas de metal. Resulta que, en la mayor ciudad armenia, asisten, incluso al entierro más modesto, entre doscientas y trescientas personas; y, por lo general, hay casi tantas coronas fúnebres como asistentes. Por lo tanto, este artesano se ha hecho muy rico. El joven me ofrece una granada, la compró en Moscú. El camino de Moscú a Ereván es largo, nuestro país es enorme. Cuando nos subimos al tren en la estación moscovita de Kursk,[1] mi compañero de viaje iba bien afeitado; ahora que nos acercamos a Ereván su cara está cubierta de barba negra.

1. Grossman partió en tren de Moscú el 1 de noviembre de 1961 y llegó dos días después a su destino.

2

Encima de una montaña que domina Ereván se alza una estatua de Stalin. Dondequiera que se mire sobresale el gigantesco mariscal de bronce. Si un cosmonauta, al aterrizar de un planeta lejano, viera este coloso de bronce que se eleva sobre la capital armenia, entendería al instante qué es: el monumento a un mandatario grandioso y terrible.

Stalin, tocado con una gorra militar de visera, viste un largo capote de bronce y esconde bajo la solapa del abrigo una de sus broncíneas manos. Da un paso, y ese paso es lento, pesado, regular: es el paso del amo, del gobernante del mundo, no tiene prisa. Aglutina dos fuerzas, y esa combinación es extraña y abrumadora. Es la expresión de un poder tan inmenso que sólo un dios puede amasarlo; y es, asimismo, la expresión de un tosco poder terrenal, el poder de un soldado o de un burócrata.

Ese majestuoso dios con su capote es, por supuesto, una excelente obra de Merkúrov.[1] Quizá, la mejor que haya hecho. Tal vez sea, además, el mejor monumento de nuestra época. Es el monumento a una era, la era de Stalin. Las nu-

1. Serguéi Merkúrov (1881-1952), escultor monumentalista armenio y especialista en máscaras mortuorias, fue autor de tres creaciones escultóricas de enormes dimensiones en tiempos de la Unión Soviética, ubicadas en Moscú, en Dubná y en Ereván, esta última descrita aquí por Grossman. Sobre la obra de Merkúrov, el historiador de arte Mijaíl Sokolov dijo que «a pesar de la intención ensalzadora que se esconde detrás de los encargos oficiales, Merkúrov consiguió expresar en ellos el carácter cruel y despótico del gobierno de Stalin».

bes parecen rozarle la cabeza. La figura de Stalin mide diecisiete metros de alto. Junto con el pedestal, suma setenta y ocho metros. Mientras se ensamblaba el monumento y las partes del inmenso cuerpo de bronce yacían en el suelo, los obreros pasaban sin inclinar la cabeza a través de la pierna hueca de Stalin.

Se yergue sobre Ereván, sobre Armenia, se alza sobre Rusia, sobre Ucrania, sobre los mares Negro y Caspio, sobre el océano Ártico, sobre la taiga de Siberia Oriental, sobre las arenas de Kazajistán. Stalin es el Estado.

El monumento se erigió en 1951. Científicos, poetas, honorables pastores, obreros de choque, estudiantes universitarios, escolares y viejos bolcheviques se reunieron junto al pedestal del gigante de bronce. En sus discursos, los oradores hablaron, por supuesto, del más grande entre los grandes, del más genial entre los genios, del más sabio entre los sabios, del querido y amado padre, del maestro. Todas las cabezas se inclinaron ante el amo, el líder, el constructor del Estado soviético. El Estado de Stalin expresaba el carácter del mandatario. Y en el carácter de Stalin se expresaba el carácter del Estado construido por él.

Llegué a Ereván durante el XXII Congreso del Partido Comunista,[1] en los días en que la avenida de Stalin, la más bella de la ciudad, recta, amplia, adornada con plátanos orientales e iluminada de noche por farolas clavadas en el asfalto, fue rebautizada con el nombre de avenida de Lenin.

Mis interlocutores armenios, uno de los cuales estuvo entre las distinguidas personalidades que se encargaron de

1. En este congreso, que se celebró en Moscú entre el 17 y el 31 de octubre de 1961, se debatieron aspectos referentes a Stalin y su legado, como el cambio de nombre de calles y ciudades, y la retirada de sus restos mortales del mausoleo de Lenin en la Plaza Roja. En este congreso, además, se aprobaron los ensayos de la primera bomba termonuclear soviética.

inaugurar el monumento, escuchaban con nerviosismo los elogios que yo dirigía al coloso de bronce.

Algunos objetaban con elegancia: «Que el metal destinado a forjar este monumento recupere su noble estado original».

Los otros, sin embargo, criticaban sin tapujos a Stalin, lo maldecían no tanto por los terrores y asesinatos cometidos en 1937 como por su nulidad: ignorante, fanfarrón, advenedizo.

Todos mis intentos de decir algo del papel que desempeñó Stalin en la creación del Estado soviético resultaron inútiles. Mis interlocutores no querían atribuirle ni una pizca de mérito en la construcción de industrias pesadas y superpesadas, en la dirección de la guerra o en la organización del sistema estatal soviético. Para ellos, todo se había realizado a pesar de él, contrariamente a él. Manifestaban una falta de objetividad tan evidente que sentí nacer dentro de mí el impulso involuntario de defender a Stalin. Esa absoluta falta de objetividad era comparable únicamente a la que esos mismos individuos debían de haber manifestado en vida de Stalin venerando con vehemencia su inteligencia, voluntad, amplitud de miras y genio. Creo que la adoración histérica de Stalin, así como el rechazo total y categórico de su figura, hunden sus raíces en el mismo suelo.

Mientras escuchaba a mis interlocutores de Ereván reconocía rasgos que ya había encontrado entre muchos rusos. Es obvio que la bondad, la razón y la nobleza de espíritu no son las únicas cualidades humanas inherentes a los pueblos. La taimada pusilanimidad también es característica del hombre, se encuentra tanto en el norte como en el sur, hermana a rubios y morenos, a pueblos, razas y tribus.

La tarde del 7 de noviembre de 1961, junto con dos conocidos de Ereván, subí a la montaña donde se encuentra el monumento a Stalin. El sol se ponía. Nos sentamos en un pequeño restaurante y contemplamos las nieves rosadas del monte Ararat. Hablamos de Stalin. Nos sirvieron un pescado muy salado y desabrido; quizá por ello mis acompañantes se mostraron especialmente cáusticos.

Cuando anocheció, retumbaron las salvas en honor del 44.º aniversario de la Revolución de Octubre. Mis compañeros no interrumpieron su conversación salpicada de palabras georgianas: *Soso*[1] y *mama dzoglu*, que significa «hijo de puta»...

Me acerqué a la estatua en la oscuridad. La estampa que presencié fue realmente impresionante. Decenas de piezas de artillería estaban dispuestas en semicírculo alrededor del pedestal del monumento. Con cada salva la larga estela de fuego de los cañones iluminaba las montañas de los alrededores y la gigantesca figura de Stalin emergía súbitamente de la oscuridad. Un humo incandescente y luminoso se arremolinaba alrededor de los pies de bronce del Amo. Era como si el generalísimo comandara por última vez su artillería. El fuego y los truenos hendían la negrura, cientos de soldados se arremolinaban junto a los cañones y, de nuevo, silencio y oscuridad; luego volvían a retumbar las voces de mando y de pronto el terrible dios de bronce con su capote surgía de entre la penumbra de la montaña. No, es imposible no atribuirle lo que le pertenece por derecho propio: ese instigador de un sinfín de crímenes inhumanos también fue el líder y el constructor despiadado de un Estado grande y terrible.

No se le podía despachar con un simple *mama dzoglu*. «Hijo de puta» no es un título más apropiado para él que el de «padre y amigo de los pueblos».

Algunos funcionarios del comité del Partido de Ereván me contaron que, durante la asamblea en una granja colectiva de una aldea del valle de Ararat, en respuesta a la propuesta de quitar el monumento a Stalin, los campesinos declararon: el Estado recolectó cien mil rublos nuestros para erigir esta estatua y ahora quiere destruirla. Destrúyanla,

1. Diminutivo del nombre georgiano de Stalin, Ioseb. Por ese nombre también lo llamaban sus amigos íntimos.

como gusten, pero devuélvannos nuestros cien mil rublos. Un anciano planteó que retiraran la estatua pero que, en lugar de destruirla, la enterraran. «Quién sabe. Si algún otro gobierno llega al poder, quizá esa estatua sea de utilidad. Así no tendremos que desembolsar dinero otra vez».

Qué aterrador es que la afirmación del Estado estalinista llegue en forma de protesta, por parte de sus líderes, contra el propio Stalin. Y que el espíritu de rebelión adopte la forma de afirmación de Stalin: uno de los más terribles malhechores de la Historia.

A las siete de la tarde, en el tranquilo pueblo de montaña de Tsajkadzor, a sesenta kilómetros de Ereván, no hay ni un alma en la calle. Tsajkadzor cuenta con su propio loco, el viejo Andreas, de setenta y cinco años. Dicen que se trastornó durante los asesinatos en masa de armenios perpetrados por los turcos: ante sus ojos mataron a miembros de su familia. Dicen que, cuando era joven, Andreas sirvió en el ejército zarista, en el destacamento de Andranik bajá,[1] líder partisano y general del ejército ruso venerado por los campesinos armenios que hace poco murió en Estados Unidos. El año pasado falleció la mujer de Andreas, una mártir que compartió su vida con un chiflado. Cuando vivía, él le pegaba, pero, al morir la vieja, no permitía que la enterraran: la abrazaba, la besaba, trataba de hacer que su querida amiga muerta se sentara a la mesa, quería darle de comer. Nadie se atrevía a acercarse a ese viejo loco empecinado en creer que su mujer seguía viva.

1. Andranik Ozanian (1865-1927), militar y héroe nacional armenio, una de las figuras clave del movimiento revolucionario del país. Durante la Primera Guerra Mundial, lideró las unidades de voluntarios armenios del ejército imperial ruso contra los otomanos. Tras desavenencias con los líderes políticos de la recién fundada República de Armenia, se estableció en 1922 en Estados Unidos, donde ayudó a sus compatriotas emigrados.

Ahora Andreas vive solo en una pequeña casa de piedra. Tiene dos ovejas que rebosan un amor candoroso por él; no ven nada extraño en su locura, en sus cantos nocturnos, en sus ataques de ira y de desesperación, en sus lágrimas o en su silencio.

Siempre que alguien menciona en su presencia a Andranik bajá, Andreas llora. Desde los tiempos de Shakespeare es probable que no haya habido una figura que se adapte mejor al personaje del viejo y loco Lear que Andreas. De estatura mediana, ancho de espaldas, un poco corpulento, probablemente aquejado de un edema, vestido con una chaqueta de abrigo rústica bastante rota, sombrero de piel de cordero en la cabeza y un bastón grande y nudoso en la mano, deambula por las callejuelas empinadas de Tsajkadzor con andares majestuosos, tristes y cenicientos. Lleva un ancho sombrero del que despuntan algunos rizos grises y canos que cubren su cabezota. En cuanto a su cara, haría deponer el pincel a Rembrandt: «Aquí no tengo nada que hacer, la naturaleza ya lo hizo todo por mí». Y, en efecto, es un rostro que se presta más a la cámara fotográfica que al pincel. Andreas tiene una frente leonina, cejas pobladas y prominentes, pliegues profundos alrededor de la boca, nariz grande, mejillas flácidas como el mariscal de campo Hindenburg y unos ojos saltones grises y amarillentos, encendidos y apagados al mismo tiempo. Hay bondad y fatiga en esa mirada, una rabia indómita y una angustia terrible, una mente reflexiva y la furia de la locura.

Los habitantes de Tsajkadzor compadecen a Andreas. El astuto y precavido Karapet-agá,[1] repatriado de Siria que cambió el digno cargo de propietario de una taberna en Alepo por el de gerente de una cantina-chiringuito en Tsajkadzor, siempre invita a Andreas. Agasaja respetuosamente al viejo, y éste, a pesar de su orgullo y desconfianza general,

1. Tratamiento que se coloca detrás del nombre de la persona que, por sus actos y sabiduría, es merecedora de respeto.

nunca se ofende por la generosidad de Karapet y come a gusto su *jash*, un caldo caliente monstruosamente calorífico a base de gelatina de ternera y ajo. A veces Karapet-agá ofrece un vasito de licor a Andreas. Éste se lo atiza, entona una canción de guerra sobre Andranik bajá y llora.

El pastor Jachik lleva a pastar las ovejas de Andreas a las montañas sin pedirle dinero a cambio. Siranush, la vecina, a veces alimenta la estufa del viejo con *kiziak*[1] y le caldea el cuchitril de piedra. En una ocasión presencié la ira de Andreas. Imprecaba en armenio, pero, sirviéndose del sucio fuego de los insultos rusos, llevaba las maldiciones en su lengua a un estado incandescente.

Pronto descubrí qué había causado su rabia. De noche, por orden del comité del Partido, habían quitado de la plaza del pueblo la dorada estatua de yeso de Stalin.

Cuando Andreas lo descubrió, una ira terrible se apoderó de él. Blandía el bastón, se abalanzaba sobre los conductores y los niños, sobre Karapet-agá y los estudiantes de Ereván llegados al pueblo para esquiar.

Para Andreas, Stalin era quien venció a los alemanes. Y los alemanes eran aliados de los turcos. Por lo tanto, quienes habían destruido su monumento debían de ser agentes turcos. Y los turcos mataron a mujeres y a niños armenios, ejecutaron a viejos armenios y exterminaron bárbaramente a personas pacíficas e inocentes: campesinos, obreros y artesanos. Mataron a escritores, científicos y cantantes. Los turcos asesinaron a la familia de Andreas, destruyeron su casa y liquidaron a su hermano. Los turcos mataron tanto a ricos comerciantes como a indigentes armenios; trataron de aniquilar al pueblo armenio. Contra los turcos combatió el gran general ruso Andranik bajá. Y el comandante en jefe del ejército ruso que derrotó a los poderosos aliados de los turcos fue Stalin.

1. Estiércol seco prensado que se utiliza como combustible.

Todos en el pueblo se reían de la furia de Andreas, pues confundía dos guerras: la Primera Guerra Mundial y la Segunda. El viejo loco exigía que se devolviese la estatua dorada de Stalin a la plaza de Tsajkadzor, porque Stalin, al fin y al cabo, aplastó a los alemanes y venció a Hitler. Todos se reían del viejo: él estaba loco, y la gente a su alrededor, no.

3

Aunque parezca sorprendente, muchos armenios tienen el pelo rubio y los ojos grises o azules. Vi a niños rubios en el pueblo, así como a una encantadora pequeña de cuatro años llamada Ruzana con los ojos azul cielo y la cabecita dorada. Vi a hombres y mujeres con rostros de una belleza clásica, antigua, óvalos perfectos, pequeñas narices rectas y ojos almendrados de color azul. Vi a armenios con los pómulos marcados, las narices chatas y los ojos ligeramente rasgados; vi a otros con las caras alargadas, puntiagudas, y de nariz aguileña, enormes, picudas. Vi a personas cuyo pelo era tan negro que casi parecía azul, con ojos oscuros como el carbón; vi labios finos de jesuita y gruesos labios abultados de africano. Sin embargo, entre esta enorme variedad de fisonomías, está el armenio por antonomasia, el que representa el tipo nacional.

Y es difícil decir qué es más sorprendente, si la diversidad o esa obstinada persistencia del tipo nacional.

No obstante, ¿cómo surgieron esos desvíos de los rasgos armenios que se consideran arquetípicos?

Esta variedad, supongo, refleja miles de años de conquistas e incursiones, de cautiverios y contactos comerciales y culturales. En ella, se advierten reflejos de los pueblos con los que los armenios entraron en contacto: los griegos antiguos, los temibles mongoles, asirios, babilonios, persas, turcos y eslavos. Los armenios constituyen una nación ancestral, con miles de años de cultura e historia, superviviente de muchas guerras. Son un pueblo viajero, una nación que durante siglos ha soportado el yugo de los invasores, que ha luchado por conquistar la libertad para caer de nuevo en la esclavitud. ¿Acaso esto explica las narices chatas mongoles, los ojos azules griegos, el pelo azabache asirio y los ojos persas negros como el carbón?

Es curioso que toda esta amalgama de rostros claros y oscuros, de ojos azules y negros, sea particularmente visible en el campo, en pueblos con un estilo de vida hermético y patriarcal. Allí, esta diversidad no se explica por acontecimientos recientes. El espejo que nos muestra la cara de la actual Armenia lo ha pulido la profundidad del tiempo.

Lo mismo se puede decir no sólo de los armenios, sino también de los rusos y sobre todo de los judíos. No hay uniformidad en los rostros rusos: los hay con ojos grises o azules, con narices respingonas y pelo muy rubio, con narices aguileñas; los llamados *gitanos*, con ojos oscuros propios del sur y de rizos negros como el betún; o bien caras con pómulos prominentes, ojos rasgados como los mongoles y narices chatas. ¿Y qué decir de los judíos? Los hay morenos, de nariz ganchuda o respingona, de tez oscura, de ojos azules y rubios: rostros asiáticos, africanos, españoles, alemanes, eslavos...

Cuanto más larga es la historia de un pueblo, cuantas más guerras, invasiones, vagabundeos y cautiverios ha conocido, mayor es la variedad de sus rostros. A lo largo de siglos y milenios los vencedores han hecho noche en las casas de los vencidos. Esta diversidad es el relato de los corazones enloquecidos de mujeres que murieron hace miles de años, de las pasiones de ardientes soldados embriagados por la victoria, de la ternura prodigiosa de algún Romeo forastero hacia alguna Julieta armenia...

4

En Ereván, así como en aldeas y pueblos de montaña o de meseta, encontré a toda clase de gente. Conocí a armenios científicos, médicos, ingenieros, constructores, viejos revolucionarios, funcionarios del Partido, artistas y periodistas. Vi los cimientos, la raíz de un pueblo con miles de años. Vi a campesinos, viticultores, pastores; vi a albañiles, asesinos, jóvenes modernos, deportistas, radicales y oportunistas; vi a necios indefensos, coroneles del ejército y pescadores del lago Seván.

Detrás de cada profesión descubrí temperamentos: autoritarios, directos, astutos, tímidos, ruines, dulces, prácticos... Vi a viejos campesinos que entre sus dedos color canela deslizaban las cuentas de un rosario de ámbar; casi un siglo de inmenso trabajo entre las rocas de basalto no los había exasperado ni embrutecido; una suave sonrisa curvaba sus labios, les brillaban los ojos con alegría.

Oh, Dios mío, qué cantidad de guerreros, caballeros, pensadores, ladronzuelos, mercachifles, poetas, constructores, astrónomos y predicadores. Vi a físicos, presidentes de granjas colectivas, ingenieros que levantaron puentes.

Y de pronto me acuerdo de la caricaturización habitual de los armenios, de los chistes tontos y subidos de tono del repertorio ruso. ¡Sí, por supuesto, los armenios son primitivos! Son pederastas y estafadores, los personajillos ridículos de esos chistes. Hay para dar y tomar: «Karapet, pobrecillo, ¿por qué estás tan amarillo?». Sí, claro, los soviéticos nos reíamos de esos chistes de Radio Armenia.[1] «Dígame, por favor, Karapet...». Una y otra vez, con una sonrisita burlona, se pronunciaban estas palabras: «Nuestro profesor es armenio, ¿sabe?». O bien: «¡Imagíneselo, se ha casado con un armenio de medio pelo!».

Es triste que la mayor literatura del mundo y sus exponentes hayan contribuido a la despreciable empresa de reforzar el estereotipo del armenio como buhonero, lascivo y corrupto.

¿Por qué la literatura rusa ha recurrido a ese cliché, por qué ha inculcado ese odio obtuso y chovinista?

Ahora, después de Hitler, se ha revelado en toda su magnitud lo importante que es examinar la cuestión del nacionalismo, del desprecio y de la arrogancia nacionalistas.

Qué distancia hay entre los armenios caricaturescos de esos chistes y la multitud de armenios reales: campesinos, soldados, científicos, médicos e ingenieros, cada uno de ellos con sus complicaciones y singularidades.

¿Qué une a una diversidad de individuos en un solo carácter nacional?

Por muy diferentes que sean los individuos, hay ciertos puntos en común inherentes a ellos: el carácter nacional. En cada una de estas personas, tan diversas y singulares, hay un matiz, un color de carácter nacional.

He hablado con muchos cientos de personas, todas ellas con sus intereses, pasiones, penas, esperanzas, con su destino, con sus amigos y enemigos... ¿Qué tienen en común la vida, el destino, la pena y la esperanza de un viejo pastor que vive en el monte Aragats y de una joven doctoranda que echa de menos a su novio de Moscú, escribe una tesis sobre literatura francesa del siglo XVIII y anhela comprarse una pelliza

1. Los conocidos como chistes de Radio Armenia fueron muy populares en la Unión Soviética como medio para divulgar chistes políticos. Con un formato de pregunta-respuesta, se hacían pasar por consultas reales de la audiencia a un programa de la radio pública de Armenia.

sintética? Pero, así como los miles de arroyos que corren entre bosques, rocas de montaña y arenas de desierto –ya sean silenciosos y absortos, rugientes y espumosos, transparentes y turbios– resulta que brotan del mismo profundo manantial subterráneo y tienen un mismo origen y una misma composición salina, de igual manera este millón de tipologías y destinos humanos está unido por miles de años de historia armenia, por la tragedia compartida que tocó en suerte a quienes vivían en la Armenia turca, por la nostalgia de las tierras perdidas de Van y Kars.[1]

Hablemos de lo esencial.

Lo que constituye el carácter de una nación es la suma de caracteres individuales; por eso, todo carácter nacional es, en esencia, carácter humano. Y la afinidad y el parecido existentes entre todos los caracteres nacionales del mundo se deben vincular a un único sustrato humano.

La base del carácter nacional es la naturaleza humana. Un carácter nacional es un matiz, un color de la naturaleza humana, su forma cristalizada.

La relación entre personas de nacionalidades diversas enriquece la convivencia humana y la hace más colorida. Pero la condición necesaria para ese enriquecimiento, la primera, la principal, es la libertad.

¡Qué riqueza tan beneficiosa y fructífera aportan a la gente los contactos con personas de otras naciones si se dan en libertad!

1. Con la firma del tratado de Kars en 1921 entre Turquía y representantes de las repúblicas soviéticas de Armenia, Azerbaiyán y Georgia y de la RSFS de Rusia, se devolvieron oficialmente a Turquía la mayoría de los territorios turcos conquistados y anexionados por Rusia desde la guerra ruso-turca de 1877-1878, entre ellos las ciudades de Van y Kars. Para muchos armenios, que habían esperado la creación de la gran Armenia perfilada en el Tratado de Sèvres (1920), la pérdida de estos enclaves se consideró una catástrofe nacional. Los emblemas espirituales del pueblo armenio (entre ellos el monte Ararat) estaban ubicados en el área cedida a Turquía.

Imaginaos a nuestros intelectuales rusos, a nuestras ancianas solícitas, alegres y bondadosas en los pueblos, a nuestros viejos obreros, a nuestros jóvenes y nuestras niñas inmersos en un crisol de relaciones humanas libres con gente de América del Norte y del Sur, de China, Francia, la India, Reino Unido y el Congo.

¡Qué riqueza de costumbres, tradiciones, modas, gastronomías y trabajos descubriríamos! Qué prodigiosa comunidad brotaría y emergería de las peculiaridades nacionales y de la vida cotidiana de cada uno.

Y qué mezquina resultaría la inhumana ceguera de los nacionalismos estrechos y la cizaña sembrada por los Estados.

Es hora de reconocer que en realidad todos somos hermanos.

Los reaccionarios siempre aspiran a truncar y destruir los aspectos más profundos y más esencialmente humanos del carácter nacional; siempre promulgan y exaltan sus aspectos más inhumanos y superficiales, pues prefieren la cáscara al grano.

Reaccionarios y conservadores, al promulgar el nacionalismo, aspiran a destruir y erradicar lo que las personas comparten a un nivel profundo. Al afirmar la supremacía del carácter nacional, el nacionalismo reaccionario reconoce sólo lo superficial, lo común de la vida de la nación, y destruye lo profundo que es propio de los seres humanos. Los reaccionarios idolatran los rasgos del tipo nacional, y esa adoración de lo nacional, sumada al menosprecio por la esencia humana, es tan absurda como la tipificación humillante y distorsionada de los armenios que se halla en el repertorio de chistes rusos; es el mismo fenómeno, pero con un signo más, en lugar de con un signo menos.

Cualquier lucha por la dignidad y la libertad de una nación es ante todo una lucha por la dignidad y la libertad humanas. Quienes luchan por la auténtica libertad nacional luchan contra la tipificación forzada, contra la divinización del carácter nacional, al margen de si el signo que llevan delante es positivo o negativo. Los auténticos combatientes en pro de la libertad nacional son quienes afirman la rica diversidad de la naturaleza humana de una determinada nación y quienes rechazan las limitaciones de los estereotipos.

La única y auténtica esencia de la libertad nacional reside en la riqueza humana contrapuesta a ese férreo rigor de la arrogancia nacional.

Es muy importante entender los orígenes y las consecuencias de las cosas. El carácter nacional, por supuesto, existe, y, sin embargo, no es el fundamento de la esencia humana, sino simplemente un color, su timbre.

En el siglo XX la importancia del carácter nacional ha sido increíblemente exagerada. Esta exageración se ha dado tanto en naciones grandes como en pequeñas. Pero la proclamación de la superioridad de una nación grande y fuerte, capaz de crear ejércitos de millones de soldados con un armamento potente, no puede sino augurar al mundo guerras injustas de conquista y la esclavitud de individuos y pueblos. Por otra parte, el éxtasis nacionalista de los pequeños pueblos oprimidos surge como medio de defensa de su dignidad y libertad. Aun así, a pesar de todas sus diferencias, el nacionalismo de quienes atacan y el nacionalismo de quienes se defienden son muy parecidos.

El nacionalismo de una nación pequeña pierde, con tramposa facilidad, su base humana y noble. No por ello se vuelve amenazadora, pero sí lamentable; en lugar de agrandarse, se empequeñece. Así, tratando de demostrar las carencias ajenas, el hombre revela las suyas.

Al hablar con algunos intelectuales armenios, constaté lo grande que es su orgullo nacional: presumían de su historia, de sus generales, de su arquitectura antigua, de su poesía y de su ciencia. ¡Muy bien, estupendo! De todo corazón entendí ese sentimiento sublime.

Pero encontré a otros que insistieron tozudamente en la superioridad nacional de los armenios en todos los ámbitos de la creación humana: arquitectura, ciencia, poesía. Subrayaban la superioridad de las virtudes arquitectónicas del antiguo templo de Garni[1] sobre la Acrópolis, que les parecía meliflua y primitiva; hablando de Tumanyán,[2] el poeta, una señora culta trató de convencerme de que su genio era superior al de Pushkin. Por supuesto, lo principal no es si la arquitectura de Garni es más sofisticada que la de la Acrópolis o si Tumanyán es más genial que Pushkin. Lo esencial, y es una esencia naturalmente triste, es que, en las conversaciones de algunos de mis interlocutores, la poesía, la arquitectura, la ciencia y la historia perdían cualquier significado. Sólo servían para manifestar la superioridad del carácter nacional armenio sobre el de otros pueblos. No era importante la poesía, sino demostrar hasta qué punto el poeta nacional armenio era superior a, supongamos, su homólogo ruso o francés.

Sin darse cuenta, a mis interlocutores se les habían empobrecido el alma y el corazón, pues ya no disfrutaban de la poesía, la perfección arquitectónica y la grandeza de la ciencia, dado que en ello veían únicamente un medio de afirmar su supremacía nacional. Es una aspiración tan limitada y fanática que a veces parece una locura.

Después comprendí que la culpa de esta excesiva reafirmación del carácter nacional armenio era achacable, antes que nada, a quienes han pisoteado durante siglos la dig-

1. Templo de basalto del siglo I d.C. situado a treinta kilómetros de Ereván, cuya construcción fue impulsada por el rey Tiridates I de Armenia. Tras el terremoto de 1969, fue reconstruido en la década siguiente.

2. Hovhannes Tumanyán (1869-1923) es considerado «el poeta de todos los armenios». Su obra, un canto a la amistad entre los pueblos, gira en torno a las duras condiciones de vida en la región de Lori, donde nació. El poeta ruso Valeri Briúsov dijo, en 1916, que «la poesía de Tumanyán es la encarnación misma de Armenia, pretérita y moderna, resucitada y retratada en los poemas de un gran maestro».

nidad de los armenios. La culpa es de los asesinos turcos que derramaron la sangre inocente de los armenios, la culpa es de los conquistadores-asimiladores. Y la culpa es también de quienes cuentan chistes sobre los armenios...

El meollo de la cuestión no está en el contraste entre el tipo nacional armenio con signo negativo y el que va acompañado de un gigantesco signo positivo, nacido como reacción al primero.

Lo esencial es lo siguiente: hay que abandonar el férreo rigor de lo estereotipado para volver a lo humano; hay que descubrir las riquezas de las almas, de los caracteres y de los corazones humanos, el contenido humano de la poesía y la ciencia, la fascinación y la belleza universal de la arquitectura, la nobleza, la audacia y la bondad de las personalidades históricas y de los líderes del pueblo. Sólo exaltando constante e incesantemente lo humano, sólo cuando se une lo humano al carácter nacional, se puede alcanzar una dignidad auténtica y, por consiguiente, la verdadera libertad.

Así, en la lucha por la riqueza humana tanto espiritual como material, en la lucha por la libertad de pensamiento y expresión, en la libertad del campesino para sembrar lo que le plazca, en la libertad de usar los frutos de su propio trabajo, consiste la auténtica lucha por la dignidad nacional.

La libertad nacional puede triunfar sólo de una forma: si triunfa la libertad humana.

Es la vía que deben seguir tanto las naciones pequeñas como las grandes, por número de habitantes y por fuerza del Estado.

Y los rusos, al igual que los armenios, los georgianos, los kazajos, los calmucos y los uzbekos, deben entender en toda profundidad que, mediante la renuncia a la idea de la superioridad de su carácter nacional, se alcanza la verdadera afirmación de la grandeza y de la dignidad del hombre ruso, del pueblo ruso, de su literatura y de su ciencia.

5

El tren llegó a Ereván la mañana del 3 de noviembre. Nadie vino a recibirme, aunque había enviado un telegrama en el que anunciaba mi llegada al escritor Martirosián,[1] cuyo libro iba a traducir. Estaba convencido de que me lo encontraría en la estación, incluso pensaba que se presentaría con otros escritores armenios. Y ahí estaba yo en el andén, bajo el cielo caliente y azul, con una bufanda de lana gruesa, un gorro de paño y un nuevo abrigo de entretiempo comprado antes de mi partida para tener un aspecto respetable en Armenia. Los expertos moscovitas en mundanidad, después de mirarme de arriba abajo, sentenciaron: «Bueno, elegante no es, pero para un traductor servirá». En una mano llevaba una maleta bastante pesada –después de todo, iba a pasar dos meses en Armenia–; en la otra, un saco con un pesado manuscrito: la traducción literal de una obra de ese importante escritor armenio, una novela épica sobre la construcción de una planta de fundición de cobre.

Las exclamaciones de alegría se fueron apagando, a mi alrededor ya no brillaban los ojos oscuros de quienes esperaban a parientes y amigos, todos mis compañeros de viaje se habían alejado a toda prisa con la intención de ponerse en fila para tomar un taxi. El tren Moscú-Ereván avanzó lentamente hacia el apartadero; desaparecieron las ventanas

1. Detrás de este nombre se esconde el escritor Hrachya Qochar (1910-1965), superviviente del genocidio turco. Ganador del Premio Stalin en 1968 por la novela *El patriarca*.

sucias por las chorreaduras de la lluvia y los laterales verdes y polvorientos que, después de casi tres mil kilómetros, parecían cansados y sudorosos. Me rodeaba lo desconocido, y se me encogió el corazón: me había abandonado el último trocito de Moscú.

Vi una plaza grande delante de la estación y un enorme joven medio desnudo sobre un caballo de bronce. Estaba representado con la espada desenvainada y me di cuenta de que debía de ser David de Sasún.[1] Me impresionó el poderío de la estatua: el héroe, su corcel, su espada... El conjunto, lleno de dinamismo y de fuerza, era gigantesco.

Estaba allí, en aquella plaza espaciosa, y me preguntaba con inquietud por qué nadie había ido a buscarme. ¿Altanería? ¿Olvido? ¿Indolencia oriental? ¿Un malentendido con el telegrama? Seguí mirando la plaza y el magnífico monumento... El poder de David y su corcel, el movimiento capturado en el bronce, de repente todo esto me pareció excesivo. No era una leyenda realizada en bronce, sino un anuncio publicitario para una leyenda fundido en ese material.

Me disgusté mucho. ¿Debía ir directamente al hotel? Sin la reserva, no obstante, no me dejarían entrar. Arrastrarme por las calles de la capital armenia bajo un sol de justicia, con el abrigo forrado, la gorra y la bufanda puestas... Hay algo triste y ridículo en el aspecto de un forastero que vaga por una ciudad extranjera. También los jóvenes modernos y elegantes se ríen cuando, en un sofocante día de agosto, ven pasar por la plaza de los Teatros de Moscú a un viejo yakuto con abrigo de piel o a una campesina de paso con botas de fieltro.

1. Joven rebelde protagonista de *Los Temerarios de Sasún,* epopeya medieval sobre la expulsión de los invasores árabes, una de las obras más importantes del folclore armenio, considerada una enciclopedia literaria de su patrimonio cultural. Cuenta con ciento sesenta variantes y no tuvo una versión escrita hasta 1874.

Menos mal que ninguno de mis compañeros de viaje me vio en la plaza. El día antes había rechazado con arrogancia sus intentos de explicarme qué autobuses debía tomar para ir al hotel. Entendieron que vendrían a recogerme en coche.

Al cabo de unos minutos, estoy en la cola para la oficina de consigna de equipaje, al fresco y en la penumbra. Allí no se ven prendas de nailon, sólo una joven triste con un niño silencioso y obediente, un chico con una gorra de un instituto profesional, un teniente pueblerino de ojos infantiles en absoluto acostumbrado a los vastos espacios de su país y, detrás de él, un viejo con una maleta de madera... Y ahora voy por la plaza, mi chaqueta y yo no despertamos la curiosidad de la gente de Ereván: sólo soy un hombre con chaqueta. Alguien que ha salido a dar un paseo, a comprar *lavash*[1] o medio litro de vodka, o bien que va al médico. Nadie sospecha que soy un forastero, que me siento perdido y que sólo recuerdo a medias la dirección de la única persona que conozco en Ereván, el escritor Martirosián.

Subo al autobús. Por alguna razón me incomoda dar a entender que no sé cuánto cuesta el billete. Doy un rublo al revisor, que me pregunta con gestos si no tengo cambio. Con un movimiento de cabeza le indico que no, aunque tengo muchas monedas en el bolsillo. Resulta que el billete cuesta lo mismo que en Moscú.

Los primeros minutos en las calles de una ciudad desconocida siempre son especiales; lo que pasa en los meses e incluso en los años siguientes no pueden sustituirlos. El forastero genera en esos instantes una energía visual atómica, una especie de potencia nuclear de la atención. Con una perspicacia penetrante y un entusiasmo que lo impregna todo, absorbe, se empapa, se zambulle en ese enorme univer-

1. El *lavash* es un pan plano, delgado, preparado a base de harina, agua y sal, con el que fácilmente se pueden envolver alimentos como queso o carne picada.

so: casas, árboles, rostros de viandantes, letreros, plazas, olores, polvo, el color del cielo, el aspecto de perros y gatos. Durante estos minutos, como un dios todopoderoso, crea un mundo nuevo, construye dentro de sí una ciudad con todas sus calles y plazas, con sus patios, con sus gorriones, con sus miles de años de historia, con su actividad industrial y comercial, con su teatro de la ópera y sus cantinas. Y esta ciudad que de improviso emerge de la nada es una ciudad especial, diferente de la que existe en realidad, es la ciudad de una persona. En ella, las hojas de otoño crujen de un modo especial, irrepetible, hay algo singular en el olor que tiene el polvo, en la manera en que los niños disparan con la honda.

Y para que se obre este milagro de la creación no se precisan horas, sino unos minutos. Cuando una persona muere, sucumbe con ella el mundo único e irrepetible que creó, un universo con sus propios océanos y montañas, con su propio cielo. Esos océanos y ese cielo son sorprendentemente parecidos a los mil millones de océanos y cielos que hay en las mentes de otros, ese universo es asombrosamente similar a aquel único que existe por sí solo, al margen de la humanidad. Pero esas montañas, esas olas del mar, esa hierba y esa sopa de guisantes tienen en sí algo irrepetible, único, surgido a lo largo del tiempo infinito, con sus matices, sus susurros, su chapoteo del agua: es el universo que vive en el alma de la persona que lo creó.

Y también yo, sentado en un autobús o andando por la plaza, mirando al titánico Stalin de bronce, las casas construidas de toba rosa y amarillo grisáceo que reproducen con naturalidad y gracia el dibujo y los contornos de las antiguas iglesias armenias, creaba mi propio Ereván, un Ereván singular extraordinariamente parecido al Ereván del mundo exterior, asombrosamente similar a esa ciudad que vive en la mente de miles de personas que pasean por sus calles, pero al mismo tiempo diferente de todos esos millones de Erevanes, mi ciudad irrepetible. Las hojas otoñales de los plátanos orientales susurraban de un modo particular, los gorriones gritaban también de una manera singular.

Ahí estaba la plaza Mayor, con sus cuatro edificios de toba rosa: el hotel del Inturist Armenia,[1] donde se alojan los expatriados que vienen de visita a su país natal, el Consejo de la Economía nacional, encargado de velar por la producción armenia de mármol, basalto, toba, cobre, aluminio, coñac y electricidad, el Consejo de Ministros, con un diseño arquitectónico perfecto, y la oficina postal, donde más tarde el corazón se me encogería de inquietud cuando fuera a recoger las cartas a la lista de correos. Luego el bulevar, donde los gorriones gritaban enloquecidos en armenio, entre las hojas marrones de los plátanos orientales, y el maravilloso mercado de Ereván, con sus montañas de fruta y verduras amarillas, rojas, naranjas, blancas y de un negro azulado, el terciopelo de sus melocotones, el ámbar báltico de sus uvas, sus caquis rojos anaranjados como piedras rebosantes de zumo, sus granadas y castañas, sus hercúleos rábanos de medio metro de largo que parecen evocar un culto fálico, las guirnaldas de *churchjela*,[2] colinas de repollos y dunas de nueces, sus pimientos ígneos, sus verduras aromáticas y picantes.

Sabía que Tamanyán[3] había creado el estilo arquitectónico del nuevo Ereván inspirado en las iglesias armenias anti-

1. Compañía fundada en 1929 que gestionaba los servicios turísticos para los extranjeros de visita a la Unión Soviética.
2. Dulce original del Cáucaso, muy popular en Armenia. Se prepara con frutos secos (avellanas, nueces, almendras) y pasas ensartadas en un hilo que se sumerge, para darle forma de cirio, en una mezcla espesa de zumo de uva y harina.
3. Aleksandr Tamanyán (1878-1936), arquitecto neoclásico soviético de origen armenio que se inspiró para sus obras, especialmente relevantes en Ereván, en la tradición arquitectónica medieval de Armenia. Destacan el Teatro de la Ópera y la Casa del Gobierno de la capital, así como el diseño urbanístico de varios pueblos y ciudades armenios, entre ellos el de Ereván, cuyo plan se aprobó en 1924.

guas. También que resucitó un antiguo ornamento tradicional en los edificios modernos que representa un racimo de uva, la cabeza de un águila... Más tarde, los erevaneses me mostraron en detalle las mejores creaciones de los arquitectos armenios, me enseñaron la calle de las mansiones, donde cada edificio es una pequeña obra de arte. Pero no hicieron lo propio (por considerar que no eran dignas de interés) con las viejas construcciones de Ereván; tampoco me mostraron los patios interiores, escondidos detrás de las fachadas de los edificios modernos que parecen templos, detrás de las construcciones decimonónicas achaparradas aparecidas en Ereván junto con la infantería rusa. Los vi durante mi primer día en Ereván.

¡Los patios interiores! Lo que constituye el alma y el corazón de Ereván no son sus iglesias ni los edificios gubernamentales, ni las estaciones de tren, ni su teatro o su sala filarmónica, ni siquiera el palacio de tres plantas de los grandes almacenes, sino sus patios interiores. Tejados planos, escaleras, escalerillas, pequeños pasillos y balcones, terrazas de todos los tamaños, plátanos orientales, higueras, plantas trepadoras, una mesita, banquitos, pasajes, galerías... Todo armoniza, se funde, una cosa entra en otra, una cosa sale de otra... Decenas, cientos de cuerdas, como arterias y terminaciones nerviosas, unen los balcones y las galerías. En las cuerdas se seca la desmedida y abigarrada colada de Ereván: he ahí las sábanas en las que duermen hombres y mujeres de cejas negras y en las que hacen a sus hijos; ahí están los sujetadores hinchados como velas de las madres-heroínas,[1] ahí están las camisas de las niñas, los calzoncillos con la entrepierna descolorida de los viejos armenios, los pantaloncitos de los niños, pañales, las colchas de encaje para los días de fiesta. ¡Los patios interiores! Ahí se ve la ciudad como un

1. Título honorífico establecido en 1944 que se concedía en la Unión Soviética a las mujeres que estaban al cargo de diez o más niños y, con ello, tenían acceso a ayudas y beneficios estatales.

organismo vivo, despojado de su epidermis; se ofrece a la vista toda la vida de Oriente: la ternura del corazón, los movimientos peristálticos de los intestinos, los impulsos de las sinapsis, los lazos de sangre y la fuerza de los vínculos de pertenencia a una tierra. Los ancianos deslizan con parsimonia entre sus dedos las cuentas del rosario mientras intercambian sonrisas plácidas, los niños hacen travesuras, el humo se eleva de los braseros; en las cazuelas de cobre se cuece mermelada de melocotón y manzana, las tinas desaparecen entre nubes de vapor; los gatos de ojos verdes contemplan a sus amas que despluman gallinas. Estamos cerca de Turquía. Al lado de Persia.

¡Los patios interiores! Es ahí donde las épocas se unen entre sí: la era actual, en la que el IL-18 cuatrimotor te lleva de Moscú a Ereván en tres horas y media, y la era de las caravanas, de los viajes a lomos de un camello...

Y yo también construyo y erijo mi propio Ereván. Rompo, quiebro, absorbo, inhalo la toba rosa, el basalto, el asfalto y sus adoquines, el cristal de los escaparates, las estatuas de Stalin y Lenin, sus monumentos a Abovián, Shaumián y Charents, los innumerables retratos de Anastás Mikoyán,[1] absorbo e inhalo caras, acentos, el rugido frenético de coches conducidos a toda velocidad por chóferes frenéticos... Veo a muchas personas narigudas, nume-

1. Jachatur Abovián (1809-1848), etnógrafo, pedagogo, considerado el padre de la literatura armenia, autor de la novela histórica *Heridas de Armenia*, sobre la ocupación persa. Stepán Shaumián (1878-1918), periodista, crítico literario, revolucionario bolchevique apodado «el Lenin del Cáucaso» por su liderazgo durante el estallido de la revolución en la región. Yeghishe Charents (1897-1937), poeta y activista político armenio, una de las figuras más relevantes de la poesía armenia del siglo pasado; fue ejecutado durante las purgas de finales de los años treinta; sus versos fueron traducidos al ruso por Briúsov, Ajmátova, Pasternak y Tvardovski. Anastás Mikoyán (1895-1978), bolchevique y estadista armenio que ocupó altos cargos del Partido Comunista de la Unión Soviética.

rosas caras cubiertas de pelo negro; entiendo que no debe de ser fácil afeitar esas barbas de hierro.

Veo la Ereván de hoy con sus fábricas, con sus enormes bloques de pisos nuevos para trabajadores, su espléndida ópera, su precioso depósito para libros y manuscritos –el Matenadarán–,[1] sus magníficas escuelas rosadas, sus instituciones académicas y el armonioso edificio, graciosamente construido, de la Academia de las Ciencias, célebre por sus eminentes especialistas.

Veo el monte Ararat que se yergue en el cielo azul. Con su perfil suave y delicado, parece que no creciera de la tierra, sino del cielo, como un cúmulo de nubes y de color azul intenso. Los ojos de quienes escribieron la Biblia miraron esa misma montaña nevada, esa montaña soleada, azul y blanca.

A los jóvenes modernos de esta ciudad les gusta la ropa negra... Las tiendas están bien surtidas: hay mantequilla, embutido y carne en abundancia. Oh, y qué bellas son las chicas y las señoras jóvenes, a pesar de que algunas tengan la nariz terriblemente grande.

Hay algo admirable: basta con que una anciana o un viejito levanten la mano para que los conductores del autobús se detengan ante ellos; la gente aquí es amable y compasiva... Por las aceras pasean las atractivas erevanesas y resuenan sus tacones altos y finos; a su lado, hombres elegantes con sombrero conducen a casa las ovejas que han comprado para la fiesta; los cascos de los animales repiquetean contra el empedrado, al igual que los modernos tacones de las mujeres; entre los edificios urbanos y las luces de neón, las ovejas huelen su muerte. Algunas tratan de resistirse, estiran las patas, mientras que los hombres elegantes, con miedo a mancharse el traje, empujan a las ovejas para hacer que se

1. En armenio antiguo significa «biblioteca». También llamado Instituto Mashtóts de investigación sobre manuscritos antiguos, en honor a San Mesrop Mashtóts, creador del alfabeto armenio.

muevan; éstas, llenas de la angustia de la muerte inminente, se acuestan en la acera; esos hombres elegantes tocados con sombrero, todavía con miedo de ensuciarse la ropa, las cogen en brazos; las ovejas acongojadas expulsan pequeños guisantes negros... Mujeres con caras bondadosas llevan pollos y pavos por las patas; las cabecitas de las aves cuelgan boca abajo. Debe de hacerles daño ir colgadas de ese modo, y las pobres arquean los cuellos para aliviar antes de morir, aunque sea sólo un poco, su sufrimiento. Sus pupilas redondas miran Ereván sin reproche, y también en esas cabecitas que giran, confusas, nace una ciudad de toba rosa... Señor y creador, deambulo por las calles de Ereván y la construyo en mi alma, esa ciudad que, según cuentan los armenios, atesora dos mil setecientos años de historia, ciudad que en otros tiempos sufrió la invasión de mongoles y persas, que fue destino de comerciantes griegos y del ejército de Paskévich,[1] esa ciudad que hace tres horas ni siquiera existía para mí.

Y he aquí que este creador, este señor omnipotente, siente inquietud y empieza a mirar con preocupación a su alrededor...

¿A quién puedo preguntar? Muchas de las personas que me rodean no entienden el ruso, no me atrevo a dirigirme a ellos. El señor y creador está mudo. Entro en un patio. Pero ¿para qué? Este patio no tiene nada que ver con nuestros patios rusos desiertos, es un patio interior oriental, y de inmediato me escudriñan decenas de pares de ojos. Salgo a toda prisa a la calle. Muy pronto, sin embargo, entro en otro patio. Crece mi inquietud, ya no pienso que en Oriente el patio interior sea el corazón y el alma de la vida. Pero es verdad y vuelvo a salir. ¿Adónde voy ahora? Irrumpo en el

1. Iván Paskévich (1782-1856), militar ucraniano, conde de Ereván, gobernador general de Varsovia, comandante en jefe de las fuerzas rusas durante la guerra contra Persia (1826-1828) que conllevó la liberación de buena parte de Armenia del yugo persa. Fue nombrado mariscal de campo tras la guerra ruso-turca (1828-1829).

tercer patio y me desespero al ver de nuevo escaleras y galerías entrelazadas, un viejo toma café a sorbos de una taza, las mujeres interrumpen su conversación para mirarme. Esbozo una sonrisa de confusión y vuelvo atrás. ¡Dondequiera que mire hay vida! ¿Qué hago ahora? La poesía ya no me interesa. ¿Ir a toda prisa a casa de Martirosián? Pero ¿para qué? No puedo presentarme en su casa y, esquivando la presentación de su esposa y de su familia, sin hacer caso a las preguntas que me hagan, correr como una exhalación en dirección al cuarto de baño. He oído que los intelectuales armenios son muy burlones y aficionados al chismorreo. Si, al entrar en casa de uno de los destacados maestros de la prosa armenia, corriera al cuarto de baño abriéndome paso entre la concurrencia, esta anécdota me acompañaría durante toda mi estancia en Armenia. No, no, es inadmisible. La decisión está tomada: subo de un salto a un tranvía medio vacío, compro un billete por tres kopeks. Me acomodo en el asiento duro y, durante un rato, siento cierto alivio. Ya no soy señor ni creador, sino el esclavo de una necesidad baja. Esa necesidad me domina, controla mis pensamientos y mi alma. Encadena mi orgulloso cerebro.

Todo el mundo está subordinado a mi sueño: la arquitectura de los edificios, el relieve de las montañas, las tradiciones y costumbres de la gente, la vegetación.

Veo las altas cajas de los edificios, veo plazas, una tienda de comida, otra de televisores, una panadería, obras de construcción, después un puente, un profundo desfiladero con casas amontonadas en sus laderas, el agua veloz, espumosa, que corre abajo a lo lejos... Todo esto es nuevo para mí, lo veo por primera vez. Pero el pensamiento del creador ya no edifica un Ereván con sus barrios más viejos y más nuevos, pues está concentrado obstinadamente en un solo objetivo, aunque abierto a todos los medios para alcanzarlo. ¿Cómo será el cuarto de baño en aquel edificio de allí? Las obras de construcción aún están insuficientemente mecanizadas, por lo que hay muchos obreros, lo cual no me conviene, pues ningún montón de ladrillos servirá para esconderme, hay personas por todas partes... Y, si bajara del puente y me pusiera sobre el barranco, me arriesgaría a marearme. Maldita hipertensión... Pero qué bello es este torrente blanco de espuma en el fondo del desfiladero...

Un parque infantil... ¡Qué disparate! Se ve por todos los lados, los árboles son como ramitas, deben de haberlos plantado hace poco. Incluso a un niño le daría vergüenza ponerse junto a ese árbol diminuto.

Una fábrica, chimeneas que echan humo, un poblado fabril... En barrios como éste suele vivir mucha gente, las casitas se apretujan, en cada habitación hay una familia.

De repente, las ruedas chirrían, el tranvía gira bruscamente. Se ha acabado la calle, alrededor hay descampados y colinas de arcilla. Casi todos los pasajeros se apean menos dos hombres, ambos sin afeitar, con las caras cubiertas de una hirsuta barba negra: uno de nariz grande, el otro la tiene chata, de mongol. El tercero soy yo. La revisora me mira con ojos inquisitivos. Se acerca hasta donde está el conductor y le dice algo apresuradamente en armenio. Es probable que esté compartiendo sus sospechas con él. Sí, sí, ha girado la cabeza hacia mí... ¿Qué busca ese extraño hombre con gafas en la parada final del tranvía, en medio de montículos de arcilla y descampados?

De un momento a otro se acercará el conductor y un policía aparecerá de la nada. ¿Qué les diré? ¿Que estoy aquí de paso, que soy de Moscú y vine a ver Ereván? Pero ¿por qué, para ver Ereván, necesito venir a estos solares y depósitos de chatarra? Me pondré nervioso, es obvio, trataré de esconder el verdadero motivo de mi aparición en los suburbios de la ciudad. En efecto, es extraño: un hombre deja sus cosas en la consigna de equipaje, nadie va a buscarlo, deambula la mitad del día por las calles, no acude a la correspondiente institución para registrar su llegada, no intenta alojarse en un hotel o en una pensión para koljosianos, ni siquiera en un albergue para madres e hijos. Y ahora aparece en un arrabal donde sólo hay depósitos de chatarra y hoyos en la tierra. Sí, realmente es extraño, muy desconcertante. O, mejor dicho, es todo demasiado obvio…

Entonces, arrimado contra la pared, aterrorizado, acabaré por confesarlo todo, el motivo vulgar y ridículo que me llevó a las afueras de la capital armenia. Pero nadie creerá mi confesión: mentí tanto, engañé hasta tal punto, que la verdad parecerá ridícula. Para entonces será demasiado evidente que soy un saboteador: un viejo zorro que se extravió en mentiras y al que finalmente atraparon.

El tranvía llega al final de la línea y nadie me detiene. Corro a un descampado, me escondo entre zanjas y pedregales…

Qué sentimiento de felicidad… ¿Es necesario que lo describa? Poetas y escritores, desde hace siglos, aspiran a plasmar sobre el papel qué es la felicidad…

Lo único que diré es que no era la orgullosa felicidad del creador, del pensador, cuya mente todopoderosa ha creado su propia realidad única e inimitable. Era una felicidad sosegada accesible del mismo modo a la oveja, el toro, el hombre y el macaco. ¿Tenía que viajar al monte Ararat para experimentarla?

6

Decir que todos los armenios son bellas personas equivaldría a decir que todos los armenios son mercachifles y estafadores.

Los armenios son personas, y las personas son diferentes; las hay buenas y malas. Aun así, no puedo resistirme a expresar un lugar común, si bien menos generalizado: los campesinos armenios son buena gente.

Pasé en Armenia dos meses, casi la mitad de ese tiempo en Ereván. Pero allí no llegué a conocer a nadie del mundo literario. Al llegar, conocía al escritor Martirosián y a Hortensia, la traductora que se encargó de realizar una versión literal de la novela de Martirosián sobre las minas de cobre; al irme, conocía a Martirosián, a su familia y a la traductora Hortensia.

Dos o tres veces Martirosián me presentó en la calle a sus amigos escritores, pero esto se limitó a algunas inclinaciones de cabeza de medio minuto. Ninguno de ellos se molestó en preguntarme si había tenido un buen viaje o si me gustaba Ereván, aunque, a decir verdad, una vez me preguntaron si tenía previsto volver a publicar *Las memorias de D'Archiac...*[1]

1. Vasili Grossman ironiza a propósito de que lo confundieron con el escritor, biógrafo de Dostoyevski y crítico literario Leonid Grossman (1888-1965), autor de esta obra de 1930 cuyo subtítulo es «Crónica petersburguesa del año 1836». En ella, se relata el duelo fatal entre Pushkin y D'Anthès, a través de unas memorias imaginarias de este último.

El editor de la revista rusa *Literatúrnaia Armenia*, cuando nos presentaron, no manifestó la más mínima curiosidad por mi llegada a Armenia: no me propuso colaborar con su publicación. Tampoco mostró ningún interés humano por mí. No me hizo ni una sola pregunta, ni siquiera esas dos que se hacen por decencia, para crear una apariencia de comunicación. El mismo trato me dispensaron un poeta armenio, el dirigente de la Unión de Escritores y una señora poeta. Todo esto me afligió. Había oído que los intelectuales de Ereván eran muy patrióticos y sensibles a lo que se ha escrito en otras lenguas de los armenios. Y resulta que sobre los armenios yo había escrito bastante: en mis artículos como corresponsal de guerra y en mis novelas *El pueblo es inmortal* y *Por una causa justa*. Tanto mis artículos como esos libros se tradujeron al armenio y recibí cartas de lectores de esta lengua.

En resumen, esperaba que los armenios me acogieran con menos indiferencia y que tuvieran algún interés en publicar algún texto mío en *Literatúrnaia Armenia*... Incluso había llevado un breve relato contando con que me lo pedirían, pero nada más lejos de la realidad. Es posible, desde luego, que esa frialdad se debiera a mis recientes desgracias literarias: mi última novela había suscitado la ira de los editores, no se había publicado...[1]

Una explicación amarga, nada que decir. Pero en una situación semejante un hombre no está de humor para exagerar su propia importancia. Entretanto, empecé a imaginarme un motivo aún más doloroso: la culpa no era que yo hubiera caído en desgracia, sino que simplemente era un don nadie, tanto como escritor como ser humano... Eres un pigmeo, ¿qué esperabas?

Al cabo de un tiempo me acostumbré. Pero había momentos en que aún me sentía molesto y desanimado. Me pasé el día de Año Nuevo solo en mi cuarto de hotel esperando recibir alguna llamada telefónica. Pero nadie me lla-

1. Se refiere a *Vida y destino*.

mó, ni siquiera un perro. El invento del gran Edison resulta casi inútil para alguien en mi situación. Fue un consuelo, en cierto modo, descubrir qué clase de visitantes consideraban importantes los escritores armenios: algunos funcionarios del cuerpo administrativo de la Unión de Escritores de Moscú y una señora de la Fundación de los Literatos de Moscú, cuya función era asignar vacaciones en sanatorios y casas de reposo. Mis interlocutores de Ereván se habían quedado deslumbrados por algunas figuras de Moscú cuya importancia como burócratas, en mi opinión, superaba con creces su talento como escritores.

Y yo que suponía que, como Platón, honraría generosamente con mi conversación no sólo a los maestros de la pluma y del pincel de Ereván, sino también a sus científicos: astrónomos, físicos y biólogos.

La única persona con la que hablé, en realidad, fue con una anciana cuyo trabajo era estar sentada en el pasillo de mi hotel. Era evidente que yo le había caído bien: un hombre que trabajaba de la mañana a la noche, no se tambaleaba borracho por los pasillos, no cantaba con voz ronca a las dos de la madrugada acompañándose de un acordeón ni subía a mujeres a la habitación. La anciana ingenua del hotel Inturist, olvidándose de mi pobreza, de mis enfermedades y de mi edad, atribuía mi conducta a elevadas virtudes morales.

También me consoló un poco la respuesta que me dio Martirosián cuando le pregunté sobre la estancia de Ósip Mandelstam en Armenia. Yo sabía algunos detalles admirables y conmovedores sobre su visita a esta tierra y había leído su ciclo de poemas armenios. Recordaba su expresión sobre el cristianismo armenio «de fábula».[1]

1. Es decir, de tiempos legendarios, muy remotos. Ósip Mandelstam (1891-1938) visitó tierras armenias en 1930, satisfecho por cumplir un «anhelado viaje con el que no dejaba de soñar». Estudió a conciencia el abecedario del Cáucaso, su arquitectura, su historia y la lengua

No obstante, Martirosián no recordaba a Mandelstam. A petición mía, llamó a varios poetas de la generación anterior, pero ninguno de ellos sabía que Mandelstam había estado en Armenia. Tampoco habían leído sus poesías armenias. Martirosián me dijo que se acordaba vagamente de un hombre delgado de nariz grande que parecía muy pobre. Un par de veces lo había invitado a cenar y a tomar vino. Ese hombre, después de beber, leyó unos poemas... Debía de ser Mandelstam.

La impresión que le había causado la señora encargada de los sanatorios de la Fundación de los Literatos era mucho más vívida.

Bueno, ahora ya lo entiendo todo, pensé.

Los poemas de Mandelstam son espléndidos. Son la esencia misma de la poesía, la música de las palabras. Tal vez incluso demasiado. A veces pienso que la poesía del siglo XX, a pesar de todo su esplendor, no tiene tanta humanidad ni pasión como la que impregna la gran poesía del siglo XIX. Como si la poesía se hubiera trasladado de una panadería a una joyería y los grandes joyeros hubiesen sustituido a los grandes panaderos. Quizá por ello la obra de algunos extraordinarios poetas contemporáneos es tan complicada: con esa complejidad se defienden del metro de platino de París, la medida de todas las cosas y almas.[1]

Pero hay una música encantadora en los poemas de Mandelstam, y algunos de ellos se cuentan entre lo mejor que se escribió en ruso después de la muerte de Aleksandr Blok.[2] Confieso, por lo demás, que Blok no es mi ídolo, él

---

armenia. Las impresiones de este viaje quedaron registradas en *Armenia en prosa y en verso* (Acantilado, trad. de Helena Vidal, 2011).

1. Referencia a las «barras de platino e iridio», que sirvieron como patrón del metro para la Comisión Internacional de Pesos y Medidas en el siglo XIX, y el «metro» como medida del verso poético. Grossman alude a la complejidad lírica que busca distanciarse de los cánones.

2. Aleksandr Blok (1880-1921), poeta simbolista ruso de cuya obra bebió la generación de poetas encabezada por Ajmátova, Pasternak y

tampoco coció el sagrado pan de centeno, que es la única medida verdadera de las almas y de las cosas. En sus versos abunda lo que no fue creado por las manos divinas del panadero, sino por el arte sofisticado del joyero. No obstante, algunos de sus poemas, algunos de sus versos individuales, figuran entre lo mejor que se escribió tras la muerte de Pushkin y Lérmontov.[1] Aunque Mandelstam no fuera capaz de soportar sobre sus hombros la inmensa carga de la tradición poética rusa, es un poeta genuino y maravilloso. Hay un abismo entre él y quienes se fingen poetas. Y mis conocidos en Ereván no se acordaban del viaje de Mandelstam a Armenia. Sí, todo estaba claro...

Aun así, esta triste y mundanal historia me llevó a reflexionar sobre temas más generales. En muchos museos de la ciudad vi retratos de decembristas,[2] que fueron degradados y enviados a servir a Eriván, como a la sazón se llamaba la ciudad. Leí que esos soldados fueron los primeros en llevar a escena *El mal de la razón*[3] y que también interpretaron los papeles femeninos. Leí asimismo que los intelectuales locales se enorgullecían de que la comedia de Griboiédov se

Tsvietáieva. En la biografía que le dedicó Nina Berbérova se describen sus exequias como el último acto cultural de una Rusia que se vio abocada al exilio o la desaparición.

1. Muertes ocurridas en 1837 y 1841, respectivamente.

2. Sociedad secreta, activa de 1816 a 1825, que debe su nombre al levantamiento infructuoso ocurrido el 14 de diciembre de 1825 en San Petersburgo. Los decembristas, en su mayoría oficiales militares y aristócratas, pretendían acabar con el absolutismo y la esclavitud del campesinado. La rebelión fue duramente reprimida: los cinco principales líderes fueron ejecutados y el resto deportados a Siberia o enviados al Cáucaso como soldados rasos.

3. Comedia en verso estrenada póstumamente del escritor ruso y diplomático Aleksandr Griboiédov (1795-1829). Es una sátira repleta de aforismos sobre la alta sociedad moscovita cuyo protagonista es un joven que vuelve a Moscú del extranjero con la cabeza llena de ideas liberales que chocan con la sociedad conservadora de la época.

hubiese estrenado en Ereván antes que en Moscú o San Petersburgo. Leí un inolvidable relato de la miseria del deportado armenio Nalbandián, a las puertas de la muerte, en Kamishin, un pueblo de mala muerte en la cuenca del Volga.[1] Leí que el estudiante universitario Tumanyán soportó penurias y fue enviado a la prisión en San Petersburgo, a cuyas puertas fue a recibirlo Korolenko cuando lo pusieron en libertad.[2] Entre aquéllos cuya memoria está viva en Ereván figuran Davit Guramishvili, el exiliado georgiano que vivió en Mírgorod, Ucrania;[3] Skovoroda,[4] el ucraniano errante, o cierto soldado ucraniano de un batallón disciplinar exiliado a las arenas del Caspio.[5]

1. Mikael Nalbandián (1829-1866), escritor, socialista utópico, periodista armenio. Una versión de los versos de uno de sus poemas es hoy la letra del himno armenio. Por sus críticas e iniciativas contestatarias fue acusado de incitar sentimientos antizaristas, lo cual supuso su encarcelamiento en la Fortaleza de San Pedro y San Pablo de San Petersburgo y la posterior deportación en 1865 a Kamishin, en la provincia de Sarátov, donde murió de tuberculosis. Su poesía fue prohibida desde entonces, pero su poema *Libertad* circuló clandestinamente.
2. Vladímir Korolenko (1853–1921), escritor y periodista ucraniano, activista social, crítico acérrimo del régimen zarista y, en sus últimos años, también del bolchevique. Su segundo exilio transcurrió en Yakutia, en la región del Lejano Oriente.
3. Davit Guramishvili (1705-1792), poeta georgiano noble de la época prerromántica que vivió gran parte de su vida en exilio. Recogió sus experiencias vitales en el ciclo poético *Davitiani*, que envió a Georgia desde su retiro en la pequeña finca en Mírgorod y fue publicado póstumamente
4. Grigori Skovoroda (1722-1794), filósofo, poeta, pedagogo, compositor de música litúrgica y místico ucraniano. Llevó una existencia ermitaña y errante. Sus obras se publicaron póstumamente, mientras que en vida circularon en forma de manuscritos. Destacan sus fábulas, escritas en una mezcla de ruso, ucraniano y eslavo eclesiástico.
5. Tarás Shevchenko (1814-1861), poeta, pintor y humanista ucraniano. Detenido en 1847 por sus poemas satíricos e ideas políticas, se le condenó a servir de por vida en el ejército sin derecho a promoción y se le prohibió escribir y pintar. Parte de este destierro se desarrolló en

Y los poemas de un teniente del regimiento Tenguinski,[1] caído en desgracia, y los versos de un consejero de la corte de San Petersburgo,[2] caído también en desgracia, perviven en las mentes de los colegiales, de los universitarios y de los campesinos de las montañas. No pierden brillo ni fuerza, sobreviven al paso del tiempo y a las catástrofes históricas.

Y en la taiga y en la tundra de Yakutia las nobles e importantes empresas iniciadas por estudiantes revolucionarios y deportados como Korolenko, Tan-Bogoraz y Kropotkin siguen vivas.[3] Sus poemas y relatos, sus cuentos fantásticos sobre preocupaciones humanas universales, perduran en las escuelas e institutos, en *saklias*, isbas y yurtas.[4] Aquí estamos ante la rusificación más libre, en su versión más amable e inagotable: el proceso de rusificación llevado a cabo por Pushkin, Dobroliúbov, Herzen, Nekrásov, Tolstói y Korolenko.[5]

---

los Urales y en el mar de Aral y Caspio. Durante ese periodo participó en importantes expediciones científicas. No consiguió el indulto hasta una década más tarde de que se dictara su sentencia.

1. Se refiere a Mijaíl Lérmontov. Un tribunal militar lo envió al regimiento de infantería de Tenguinski, en el Cáucaso, después de que el hijo de un diplomático francés lo retara a duelo.

2. Alusión a Aleksandr Griboiédov. Véase nota 3 de la página 42.

3. Tan-Bogoraz es el seudónimo literario de Vladímir Bogoraz (1865-1936), antropólogo y escritor ucraniano que inició sus actividades revolucionarias en Naródnaia Volia (la voluntad del pueblo), la organización revolucionaria clandestina más famosa de la Rusia de finales del siglo XIX. Piotr Kropotkin (1842-1921), teórico del movimiento anarquista, geógrafo y naturalista ruso.

4. *Saklia* es la vivienda típica de los montañeses del Cáucaso, de tejado plano y muros normalmente de piedra. También se utiliza para designar genéricamente el hogar y a las personas que viven en él.

5. Nikolái Dobroliúbov (1836-1861), crítico literario y publicista. Aleksandr Herzen (1812-1870), revolucionario, publicista, escritor y filósofo, autor de las célebres memorias *El pasado y las ideas*. En 1847 partió en exilio a Europa, primero a París y luego a Londres. Nikolái

Pero ¡cuántos gobernantes y generales, consejeros de Estado, dignatarios de la ciencia oficial y de la literatura condecorada desaparecieron para siempre de la memoria del Cáucaso...!

La verdadera hermandad y los auténticos vínculos entre personas, pueblos y culturas no nace en los despachos, ni en los palacios de los gobernadores, sino en las isbas, en los caminos al exilio, en los campos de prisioneros y en los cuarteles de los soldados. Ésos son los vínculos más fuertes, los que permanecen. Son las palabras, escritas a la tenue luz de una lámpara de aceite y leídas en una isba, en los catres de las prisiones o en un cuchitril impregnado de humo de tabaco, las que tejen los lazos de unidad, amor y respeto mutuo entre los pueblos.

Son las arterias y las venas por las que corre la sangre eterna. Entretanto, la superficie burocrática de la vida –ruidosa y estéril–, como espuma de jabón, colma a las personas que no son más que espuma: se hinchan, estallan y desaparecen sin dejar rastro.

Y ahí están también los vínculos establecidos por albañiles, carpinteros, estañadores, barrileros, viejas campesinas...

He ahí un puchero de *borsch* ruso que ahora se pone en la mesa de una casa armenia. Y allí, serios y en silencio, un grupo de campesinos *molokanes*[1] comen un *jash* condimentado con ajo.

Nekrásov (1821-1877), poeta de pensamiento radical, crítico literario, editor.

1. *Molokán* o «bebedor de leche» [del ruso *molokó*, «leche»] es el nombre que reciben los miembros de un grupo espiritual cristiano que se escindió de la Iglesia ortodoxa rusa a finales del siglo XVIII, no conforme con su jerarquía ni preceptos, como la prohibición de consumir leche los días de ayuno. Los *molokanes* tienen su propia interpretación de Cristo y de la Trinidad y no reconocen los santos, los iconos, las autoridades civiles ni el servicio militar. A finales del siglo XIX sus seguidores ascendían a medio millón, en su mayoría asentados en Armenia y Azerbaiyán.

En este sentido, tanto la receptividad como el conservadurismo de la gente es asombroso. Después de todo, hay miles de métodos de trabajo que, después de décadas y siglos de convivencia, no han repercutido en la vida de los vecinos. El campesino ruso y el armenio cuecen el pan en diferentes hornos, y su pan es diferente: el ruso se obstina en no comer el *lavash* cocido en tandur mientras que el campesino armenio es indiferente al pan de trigo con levadura salido del horno ruso. Y, a pesar de todo, ambos pueblos han enriquecido la vida del otro mediante infinidad de costumbres, utensilios y métodos de trabajo.

Uno de los soldados de Paskévich, después de recorrer Armenia de punta a punta con sus pesadas botas, regresó a casa con un método nuevo, nunca visto, para poner ladrillos y labrar piedras tomado de albañiles armenios. Y esta *armenización* se efectuó sin cañones ni fusiles. Unos hombres simplemente intercambiaron risas y se dieron unas palmaditas en la espalda. Uno guiñó el ojo, y el otro dijo: «Sí, muy bien pensado». Fumaron un cigarrillo, y ya está.

Y también están los vínculos establecidos en los tiempos soviéticos, vínculos entre los obreros y los ingenieros en las fábricas y en las plantas industriales; entre los estudiantes rusos y los armenios, entre los científicos en laboratorios y bibliotecas, en institutos de investigación científica, vínculos entre agrónomos, agricultores, viticultores, astrónomos y físicos, tanto rusos como armenios.

La primera vez que paseé por el pueblo de montaña de Tsajkadzor lo hice como extranjero. Los viandantes me miraban. Las mujeres junto a la fuente, los viejos sentados al lado del muro de piedra deslizando las cuentas de sus rosarios entre los dedos, los conductores (caballeros del siglo xx) daban voces a la entrada del café... Todos se callaban cuando yo, arrastrando los pies y sintiéndome muy incómodo por ser el centro de atención, avanzaba por entre las casitas bajas de piedra. Pasaba de largo mientras la gente intercambiaba miradas en silencio.

Veía que se movían las cortinas de las ventanas: un forastero ruso había aparecido en Tsajkadzor.

Después me estudiaron y analizaron a conciencia... Todo lo que averiguaban los empleados de la Casa de los Escritores se convertía rápidamente en material de dominio público: que entregué el pasaporte para el registro, que rechacé comer *jash*, que no hablaba armenio, que era de Moscú, que estaba casado y tenía dos hijos. Que era traductor y que había venido para traducir un libro de Martirosián. El traductor no era joven, pero bebía coñac, jugaba pésimamente al billar y escribía muchas cartas. Paseaba, mostraba interés por la vieja iglesia a las afueras del pueblo y hablaba en ruso con gatos y perros. Entró en una casa campesina donde una vieja horneaba *lavash* en el tandur. El traductor no hablaba armenio y la vieja no sabía ni una palabra de ruso. Él se rio y le dio a entender con gestos que quería saber cómo se hacía el pan. Y la vieja también se rio cuando el humo del estiércol seco, con el que alimentaba el tandur, le hizo llorar.

Luego la vieja cogió un banquito, y el forastero se sentó en él, mientras una columna de humo sedoso se adensaba sobre su cabeza. El moscovita contempló cómo la vieja extendía la masa en el aire; sí, literalmente en el aire. Lanzaba las hojas de masa hacia arriba y las atrapaba con las manos extendidas y los dedos muy separados. La masa, por la fuerza de su peso, se iba haciendo más delgada hasta transformarse en una gran hoja fina. El moscovita admiraba los movimientos de la vieja, que eran suaves, rápidos, cuidadosos y seguros; parecían evocar una hermosa danza antigua. Y la danza era, en efecto, muy antigua, tanto como el pan. Y la septuagenaria y greñuda mujer, con su chaqueta acolchada rota, sintió la fascinación de ese moscovita con gafas y de pelo gris. Eso la complació; la hizo sentirse alegre y melancólica a la vez. Luego llegaron su hija y el yerno. Este último hacía mucho que no se afeitaba y una barba azul le cubría el rostro. Y después apareció la nieta; iba vestida con unos pantaloncitos elásticos rosas y arrastraba un pequeño trineo. Todos se rieron; luego, imperiosamente, la vieja gritó algo en armenio. Y al traductor le ofrecieron queso seco y verduzco en un platito. Parecía mohoso, pero era suculento: picante y aromático. Al traductor le dieron *lavash* caliente y le enseñaron a envolver el queso con él. Luego le llevaron una jarra de leche.

Y cuando se fue, con los ojos rojos por el humo, el perro, en lugar de ladrarle como había hecho a su llegada, movió ligeramente la cola: ahora el huésped emanaba un olor agrio familiar. Junto al muro de piedra se apostaron para despedirse, agitando la mano, la vieja mujer, su hija delgada y morena, el yerno sin afeitar, delgado y moreno también él, y la nieta, con ojos azabache.

Luego el moscovita fue a Correos e intentó enviar una carta por vía aérea, pero resultó que en la oficina no tenían los sobres requeridos. Le llevó un buen rato hacerse entender, pues las muchachas de ojos negros de la oficina de Correos no hablaban ruso. Todo eso dio lugar a griterío, gesticulación y risas.

Al día siguiente el traductor dio un paseo por un camino de montaña y llegó al cementerio donde un viejo cavaba una tumba. El traductor lo saludó con un movimiento de cabeza. El viejo respondió con un manotazo de desdén, tiró un cigarrillo fumado hasta la mitad y se puso de nuevo manos a la obra. Ese mismo día el moscovita pasó junto a la fuente y se ofreció a llevarle el cubo de agua a una mujer a su casa. Pero la mujer se turbó, bajó la mirada y se fue con su cubo, sin volverse siquiera, dejando al traductor allí plantado como un estúpido, con los brazos abiertos. Ese mismo día se quedó mucho rato mirando a unos albañiles que estaban construyendo un muro de toba rosa alrededor del patio de una escuela. Cortaban y pulían las piedras y las llevaban al muro, mientras unas mujeres, con pantalones de algodón y pañuelos alrededor de las cabezas y las caras, preparaban la mezcla de arcilla. Cuando las astillas de piedra rosada alcanzaban al forastero, los ojos de las mujeres brillaban burlones debajo de los pañuelos.

Ese mismo día el traductor conversó con una mula y una oveja que iban por la acera a los pastos de montaña. Vio que, por alguna razón, la gente y los perros de Tsajkadzor iban por la carretera, mientras que la acera la utilizaban sobre todo las ovejas, los terneros, las vacas y los caballos. Al principio la mula escuchó con bastante atención las palabras rusas del traductor, pero luego amusgó las orejas, se alejó y trató de darle una coz. Su amable y bondadoso hocico, con unas formidables fosas nasales, se transformó repentinamente. El semblante de la mula adquirió una expresión mala y fea, curvó el labio superior y mostró sus enormes dientes. En cuanto a la oveja, a la que el traductor quería acariciar, se arrimó a la mula en busca de ayuda y protección. Había algo conmovedor en ese gesto: la oveja sentía instintivamente que la mano del hombre tendida hacia ella era portadora de muerte, así que trataba de escapar de la muerte pidiendo al cuadrúpedo que la protegiera de esa mano que había creado el acero y las armas termonucleares.

Y luego el forastero fue a la tienda del pueblo y compró un trozo de jabón infantil, pasta dentífrica y un pequeño paquete de laxante. Después el traductor volvió a casa pensando en la oveja.

La oveja tenía los ojos claros, como uvas de cristal. Había algo humano en ella: algo judío, armenio, misterioso, indiferente, estúpido. Hace siglos que los pastores miran a las ovejas. Y las ovejas, por su parte, miran a los pastores. Así empezaron a parecerse. Y los ojos de las ovejas, vítreos, ausentes, observan de una manera particular a los hombres. Los ojos de un caballo, un gato o un perro miran de un modo diferente.

Probablemente los habitantes del gueto habrían mirado a sus carceleros de la Gestapo con el mismo recelo alienado si el gueto hubiese existido durante milenios, si día tras día, durante cinco mil años, la Gestapo hubiese seleccionado a viejas y niños para exterminarlos en las cámaras de gas.

¡Oh, Dios! ¡Cuánto tiempo deberá implorar perdón el hombre a las ovejas para que éstas se lo concedan y dejen de escrutarlo con su mirada vítrea! Cuánto desprecio humilde y orgulloso contienen esos ojos. Qué divina superioridad la del inocente herbívoro sobre un asesino que escribe libros y crea máquinas cibernéticas... El traductor se arrepintió ante la oveja sabiendo que al día siguiente comería su carne.

Pasaron los días. El forastero dejó de sentirse un papagayo exótico en las calles de aquel pueblo de montaña. Ahora los lugareños, cuando se cruzaban con él, lo saludaban. Y él empezó a hacer lo mismo.

Ya conocía a las chicas de Correos, al vendedor de la tienda del pueblo, al profesor de física con cara de villano de ópera, al guardián nocturno –un tipo melancólico con un fusil–, a dos pastores, al viejo que vigilaba los muros milenarios del monasterio de Kecharis y también a Karapet-agá, el hombre de ojos azules y pelo cano que había regresado de Siria a Armenia y que a menudo trabajaba detrás del mostrador del restaurante local; conocía a Volodia Galosián, el apuesto y esbelto conductor; conocía al profesor de gimnasia que llevaba pantalones verdes de esquí, de frente prominente y con la cara risueña de un fuerte y joven carnero; conocía al viejo Andreas y a una mujer que daba de comer a los pavos debajo de una higuera; conocía a los jóvenes conductores de camiones de tres toneladas que pasaban como una exhalación por las calles empinadas. Esos conductores tenían alma de águilas y los dedos virtuosos de Paganini.

En la Casa de los Escritores conocía ya la sonrisa dulce y gentil de Katia, la delgada cocinera, y sabía que se ruborizaba si alguien elogiaba la sopa que había preparado. Katia me contó que había llegado a Armenia de la región de Zaporozhe[1] y que su marido era un *molokán*. Avergonzada, me contó lo extraño que le parecía que en las bodas los *molokanes* tomaran té y no tocaran el vino y lo extraña que era también la secta de los *priguní*, los «saltadores».[2]

«Nuestros *molokanes* de Tsajkadzor no saltan», concluyó con dignidad.

Katia es buena y amable. Su voz, sus gestos y sus andares son tímidos e indecisos. Todo la avergüenza. Cuando ve llegar a su hijito Aliosha, que está en su primer año de escuela, Katia se ruboriza y mira al suelo. Y Aliosha también se ruboriza y con una voz apenas audible murmura algo como respuesta a mi sencilla pregunta: «¿A qué curso vas en la escuela?». Incluso se parece a su madre. Es pálido y tiene los ojos azules, está cubierto de pecas y tiene las cejas y las pestañas del color del trigo.

«Los armenios son buena gente», me dice Katia, y se ruboriza. «Viven en paz y armonía. Y respetan a los ancianos», añade, y se sonroja de nuevo.

Luego descubriré que Katia, en realidad, considera que los armenios son como todos los demás. Algunos son borrachos, otros pendencieros e incluso hay ladrones. Gente como otra cualquiera, ni mejor ni peor que los rusos.

«Los campesinos armenios, en cambio, trabajan muy duro», me dice Katia, y se le tiñe el semblante de rubor.

Luego conocí a Rosa, la encargada de tez morena. Tiene un bigote oscuro sobre el labio superior y siempre sonríe para que la gente pueda admirar sus deslumbrantes dientes, blancos como el azúcar. Rosa lleva botas altas de piel, no sabe una palabra de ruso y todo el rato está ocupada con trabajo improductivo. Siempre lleva un libro de cuentas en

1. Región situada en el sudeste de Ucrania. Sus tierras se extienden alrededor del río Dniéper hasta el mar de Azov.

2. Los *priguní* son una escisión radical de los *molokanes*, ocurrida en la década de 1830. Su nombre se debe al rito de «saltar», entre cantos y danzas, hasta alcanzar el éxtasis religioso.

el que anota lo que los trabajadores creativos han comido ayer y lo que comerán mañana.

Luego conocí al calderero Iván. Es un hombre alto, rubio, con rostro de malo y un bigotillo claro como sus ojos. Es joven, fuerte; a veces rudo, otras, huraño. Tiene la cara grande y redonda, blanca y rosada, lo que le hace parecer, por alguna razón, particularmente desagradable. Va por ahí pisando con sus botas altas y pesadas. Y habla tal como se mueve; cada palabra suya es como una bota: lenta, pesada, precisa. Iván es un *molokán*. Y dado que es rubio y tiene los ojos y el pelo claros, dientes blancos y mejillas rosadas, y es un *molokán*, me lo imagino alimentándose únicamente a base de leche y de gachas blancas de mijo. Pero Iván no observa las leyes de sus antepasados: bebe vodka y fuma. Cuando empina el codo, se vuelve locuaz; me dice que va a las montañas a cazar cabras y linces. Que una vez mató a un leopardo... A sus relatos les falta el hierro de la autenticidad, pero no es más mentiroso que un romántico: un realista para soñadores, un encantador embustero entre realistas. Le caigo bien porque juego mal al billar.

Casi todo el mundo es competitivo, pero Iván lo es de un modo excepcional, rabioso. Cada vez que pierde una partida de billar con Martirosián, Iván se atormenta, sufre. Cualquier persona se desanimaría un poco, pero él se mortifica.

–¿Quieres jugar? –me pregunta, y en sus ojos claros advierto un brillo sanguinario, una sed de sangre de oveja.

Conocí a Astra, que hace la limpieza, y a Arutiún, el viejo vigilante nocturno, su suegro.

Astra es una belleza. Recordé lo que cuenta Chéjov en «Las bellas». Después de abandonar la posada, se quedaron un rato en silencio. Luego el cochero se giró de improviso y le dijo a Chéjov: «¡Una chica espléndida, la hija del viejo armenio!».

Y Astra es espléndida de verdad. Tan espléndida que no me apetece describir su belleza. Sólo diré que su belleza es la expresión de su alma: en sus andares silenciosos, en sus tímidos movimientos, en sus pestañas siempre bajadas, en su sonrisa apenas perceptible, en los suaves contornos de sus hombros de chica, en la castidad de su ropa pobre, casi miserable, en sus pensativos ojos grises también vive su belleza. Asimismo, en un estanque sombreado por las ramas de los árboles, en medio de las aguas calmas y pensativas, florece un nenúfar blanco.

Y ese nenúfar blanco también es la expresión del agua del bosque, de la penumbra del bosque, de los borrosos contornos de las plantas sumergidas en el agua, del deslizamiento de las nubes blancas y silenciosas por las aguas tranquilas, del reflejo en el estanque de la luna creciente y de las estrellas. Y todo esto junto –riachuelos, remansos, lagos y estanques del bosque, juncos, cárices, amaneceres y atardeceres, extraños suspiros solitarios de tierra fangosa, el susurro de hojas y juncos, el borboteo de burbujas de agua que hacen cabriolas en la superficie– se expresa en una flor blanca, en el nenúfar.

Del mismo modo, el rostro de Astra y su apariencia expresan el delicioso mundo de una discreta belleza femenina. Y, como se suele decir, en aguas profundas, demonios se agitan, así que nadie puede juzgarlas hasta que rompa la superficie lisa del agua, se adentre descalzo entre las plantas cortantes y pise el fondo fangoso que lo succiona, caliente y frío a la vez. En cuanto a mí, me quedo en la orilla contemplando el nenúfar.

Me parecía que nadie se había percatado de mi modesta y silenciosa admiración por Astra, pues siempre estoy callado, lúgubre, soy ascéticamente parco, doblemente en presencia de Astra. Un día, sin embargo, mi querida cotraductora, con una risotada a lo Tarás Bulba,[1] dijo: «Oh, ¡cómo le gusta a Vasili Semiónovich nuestra querida Astra, se le hace la boca agua!». Me encogí de hombros e hice una mueca de disgusto.

1. Protagonista cosaco de la novela homónima de Nikolái Gógol (1809-1852), publicada en 1835 en el volumen titulado *Mírgorod*.

Quién sabe, si el marido de Astra se pareciera al padre, el vigilante nocturno Arutiún, triste, angustiado, narigudo, encorvado, entonces... Dios mío, camaradas, pero ¿qué tengo que ver yo con todo eso?

Arutiún está triste. A veces su cara y sus ojos adquieren una expresión penetrante, melancólica. De noche, antes del amanecer, cuando todos los vigilantes del mundo ya duermen, paso a su lado silenciosamente, y él me mira desde la oscuridad con unos ojos colmados de una tristeza enorme y serena.

Creo que Arutiún nunca duerme: una gran tristeza lo mantiene en vela. Nunca habla con nadie, no lo visitan. A veces, un animado viejo armenio anda por la calle en sentido contrario a él y me parece que Arutiún va a sonreír, que se parará, encenderá un cigarrillo, entablará una conversación sobre las ovejas, las abejas, la culpa. Pero no, Arutiún sigue su camino, encorvado, arrastrando penosamente las botas de caña de lona, inmerso en su enorme melancolía... ¿Qué le pasa?

Es extraño pensar que, sólo hace unos días, yo, un forastero moscovita, llegué por primera vez a este pequeño pueblo de montaña, cuya existencia ni siquiera sospechaba.

–*Barev!* –me dice la gente.

Y yo me saco el sombrero y respondo: «*Barev dzes!*» (¡Que el bien le acompañe!). Todos a mi alrededor son gente que conozco.

Los días pasan y ya sé muchas cosas de Iván, Katia, Astra, el viejo Arutiún. Muchas cosas dulces y conmovedoras y también no pocas, quizás incluso más, penosas, terribles, crueles.

El marido de Katia es paralítico, lleva varios años postrado en la cama, y la dócil Katia, añorada de su patria lejana, de su padre y de su madre, de sus amigas, sigue cuidando de él, ahorra cada kopek que puede para regalarle una manzana o unos dulces y dice con orgullo: «Nuestros *molokanes* de Tsajkadzor no saltan».

Arutiún tiene cinco hijos. El mayor trabajaba como ingeniero de perforación. Fue asesinado hace un año en una pelea de borrachos; alguien lo golpeó en la cabeza con un trozo de tubería. La gente del pueblo dice que era un hombre malo. No sienten pena por él, sino por el hombre que lo mató y ahora está en la cárcel. El segundo hijo de Arutiún es el marido de la bella Astra. Hace un año lo metieron en prisión por haber apuñalado, durante una borrachera, al conductor de un camión en el establecimiento de Karapet-agá. Pasó lo siguiente: el conductor venía del azulísimo lago Seván. Iba con su amante, querían beber, comer el famoso kebab de Karapet y pasar un buen rato. Aramais, el marido de Astra, estaba sentado en la mesa de al lado con un grupo de amigos. Insultó a la amante del conductor, que era una mujer casada. El conductor se ofendió y golpeó a Aramais en la cara. Este último lo apuñaló con un cuchillo finlandés. Al parecer, Astra no quería casarse con él porque era un holgazán, un gamberro, un jugador y un borracho. Pero Aramais estaba perdidamente enamorado de ella; lloraba, se tiraba borracho a sus pies y juraba que la mataría a ella y luego se mataría él. Astra, su madre y todos en el pueblo sabían que no era una amenaza inofensiva. Y ahora ella va con las botas desgastadas, con andrajos, ahorra hasta el último kopek para poder llevarle un poco más de comida a su marido. Cada mes viaja doscientos ochenta kilómetros para verlo; está en un campo de prisioneros y trabaja en una mina. No le van a reducir la sentencia; no tiene buen comportamiento en el campo: bebe, se pelea, no trabaja. El tercer hijo de Arutiún salió hace poco de la cárcel de Ereván, al mismo tiempo que su viejo padre quien, a su vez, volvía del hospital regional; el tercer hijo, durante una discusión en casa, le asestó una cuchillada en un costado. Arutiún estuvo tres meses ingresado, y su hijo pasó tres meses en la cárcel: el padre salvó al hijo, hizo declaraciones falsas ante el juez de instrucción. A veces este tercer hijo, un joven estrecho de espaldas, de rostro enjuto y una pronunciada nariz aguileña, aparece en la terraza de la Casa de los Escritores para jugar al billar. Tiene una sonrisa como de esquizofrénico: ahora parece culpable, ahora loco, ahora descarado e indiferente. Y su padre, el viejo Arutiún, mira cómo el hijo juega al billar. Cuando termina la partida, el hijo pasa de largo junto al padre y no le dirige la palabra; el padre tampoco dice nada.

Dicen que el cuarto hijo de Arutiún, el más salvaje de todos, hace tres años que partió como voluntario a colonizar las tierras vírgenes de Siberia.[1] Se fue y nadie tiene noticias de él, no se sabe si está vivo o muerto. El mejor hijo de Arutiún, el quinto, es un adolescente loco; su cara infantil está cubierta de pelusilla negra, sonríe cariñosamente y babea mientras me enseña un libro con imágenes, un libro de cuentos armenios sobre animales. En las ilustraciones todos los animales están representados con caras orientales, armenias; tienen el pelo oscuro el lobo, la liebre y la vieja zorra que, tocada con una cofia y con las gafas sobre la punta de la nariz, lanza una mirada astuta por encima de la montura. Por su edad, el chico debería frecuentar el noveno año de escuela. Ahora entiendo por qué es tan enorme la melancolía en los ojos del viejo Arutiún, el porqué de sus andares, su silencio, su insomnio y su espalda encorvada, por qué todo en él expresa una tristeza tan grande. Sí, ahora está todo claro.

Un día estábamos desayunando cuando se oyó en la cocina un gran barullo de alegría. Había tanto ruido que entreabrí la puerta para ver qué estaba pasando. Vi a Katia que se reía a carcajadas toda ruborizada. Vi a Rosa, la encargada, que enseñaba sus dientes blancos mientras se reía a mandíbula batiente. Vi al sombrío y siempre preocupado Tigrán, padre de seis hijas, ese secretario degradado del Comité de distrito del Partido, director de la Casa de los Escri-

1. Campaña promovida a partir de 1954, tras el crecimiento demográfico de la posguerra, para explotar nuevas tierras de cultivo en Kazajistán y Siberia con una extensión superior al tamaño de Canadá.

tores, también riéndose. Todos los presentes en la cocina se reían mientras escuchaban a una pequeña y ágil anciana. La señora estaba feliz, y sus ojos brillaban llenos de vida. Y yo, aunque no entendía ni una palabra de armenio, también me reí al verla junto con todos los demás. Luego me explicaron que esa vieja, la mujer más alegre del pueblo, era la mujer de Arutiún, nuestro vigilante nocturno; la madre de sus cinco hijos... Como Knut Hamsun dijo, en el maravilloso título que le puso a una de sus novelas, *La vida continúa*.

Por una u otra razón, o más bien por una razón que es demasiado obvia, empecé a recordar mis anteriores encuentros con personalidades oficiales en las calles de Ereván.

Allí, en Tsajkadzor cada vez aprendía y me implicaba más en la vida del pueblo. Y el hecho de que mis interlocutores hablasen muy mal el ruso, que confundieran las palabras y colocasen mal los acentos, y que yo, traductor de una epopeya armenia sobre una fábrica de fundición de cobre, apenas supiera dos palabras armenias, *che*[1] y *barev*, daba lo mismo.

Conocí la historia del viejo loco Andreas. Ya la conté. Armo, un hombre guapo y de cabello cano, me contó la historia de su vida, de sus desgracias y pesares. Su padre era uno de los terratenientes más ricos de Armenia, y Armo había sido uno de los komsomoles más fervientes del país. Sí, esta combinación acarreó dificultades... Los kurdos en Turquía, que aún recordaban los viejos tiempos y respetaban al padre de Armo, cuando se enteraron de sus desgracias, le enviaron a través de la frontera quinientos carneros como regalo al terrateniente arruinado. Y su hijo, que en ese momento organizaba las Juventudes Comunistas de Armenia y odiaba con todo su ardiente corazón a los capitalistas y a los terratenientes, enemigos del pueblo trabajador, al mismo tiempo quería a su padre con no menos pasión y se enorgullecía por el gran respeto que le profesaban los viejos en am-

1. «No», en armenio.

bas orillas del río Araks. Pero al final el padre de Armo fue enterrado en Siberia, nadie sabe dónde.

También me contó su vida el amable viejo Sarkisián, con problemas respiratorios debido a sus problemas de corazón. En una pequeña casa, junto con su anciana esposa, pasa sus últimos años de una vida que ha sido de todo menos tranquila. De joven fue una figura importante del Partido, conoció a Lenin en la emigración. Luego lo declararon espía turco, lo golpearon hasta casi matarlo y lo enviaron a un campo de Siberia, donde pasó diecinueve años. Y luego volvió a casa, no amargado sino convencido de que la gente es buena, contento de haber enriquecido su corazón con charlas en los barracones del campo, más allá del Círculo Polar, con sencillos campesinos y obreros rusos, contento de haber engrandecido su mente con charlas en los barracones del campo con científicos e intelectuales rusos.

Me habló largo y tendido de esas condiciones de vida que convertían a los hombres en ganado, en fieras. No obstante, los prisioneros de los campos se compadecían unos de otros, los moribundos no dejaban morir a los que estaban en las últimas, hacían todo lo posible para ayudar a quienes les quedaba un hilo de vida, socorrían a sus amigos agonizantes, y ninguna ventisca, ni helada de cuarenta grados bajo cero, ni diferencia nacional impedían que se manifestara su bondad...

Me contó que su mujer se había desplazado desde Armenia hasta donde él estaba, más allá del Círculo Polar, que se había instalado junto a la alambrada de espino en una mísera y sucia isba, lo feliz que le había hecho su bondad, cómo se enorgullecía de ella, lo mucho que la apreciaban los otros presos. Él había conservado la habilidad para reírse con toda el alma y para encontrar lo divertido en sus dos décadas de reclusión.

Me explicó que en la cárcel de Ereván habían compartido una celda pequeña y estrecha ochenta personas; todos eran hombres instruidos: profesores, viejos revolucionarios, escultores, arquitectos, actores, médicos famosos. A los guardias, les llevaba mucho tiempo, con gran esfuerzo, contarlos a todos; siempre se equivocaban y tenían que empezar de nuevo. Un día, los guardias entraron con un hombre viejo, de aspecto lúgubre; éste echó un vistazo a la masa humana que se agolpaba en los catres y en el suelo y salió. Lo mismo ocurría todos los días. Luego se enteraron de que el viejo era pastor. La administración de la cárcel había decidido recurrir a su extraordinaria capacidad de cálculo, casi instantánea, para determinar el número al que ascendían esos rebaños de varios cientos, e incluso millares, de ovejas. Era divertido, desde luego: un pastor contando un rebaño de profesores, escritores, médicos y actores.

Me dijo que, después de regresar del campo, había trabajado un tiempo vendiendo agua con gas en la calle Abovián. Una vez un anciano de una granja colectiva había mantenido una larga conversación con él mientras tomaba un vaso de agua. Sarkisián contó al anciano que había participado en actividades revolucionarias clandestinas, que ayudó a derrocar al zar en 1917, que contribuyó a construir el Estado soviético y que luego se pasó años en un campo de prisioneros. «¡Y aquí estoy ahora, vendiendo agua con gas en la calle!» El anciano se quedó pensativo y dijo: «¿Y para qué derrocaste al zar? ¿Acaso te impedía vender agua con gas?». A Sarkisián, de la risa, se le llenaron los ojos de lágrimas mientras me explicaba esta divertida historia.

Por Iván, el calderero, me enteré de un acontecimiento que había causado un gran revuelo entre toda la comunidad de los *molokanes*: dos grandes familias de *molokanes*, la de un carpintero y la de un molinero, cruzaron una noche de Turquía a la Armenia soviética a través del río Araks. Dedicaron muchos meses a los preparativos para la huida. El carpintero y su familia se trasladaron desde Kars hasta la casa de su amigo el molinero, que vivía al lado de la frontera. Allí, estudiaron con asombroso detalle, hasta la última minucia, las costumbres y las rutinas de los guardias fronterizos turcos, se familiarizaron con las crecidas y bajadas de agua del Araks. En una noche sin luna, las dos familias se reunieron en la orilla, donde los envolvió una brisa húmeda. Delante fueron los hombres, el agua les llegaba hasta el pecho y la poderosa corriente los empujó y les hizo perder el equilibrio. El agua aullaba y rugía; los cantos rodados se deslizaban sigilosamente bajo sus pies, no querían soportar su peso. En la oscuridad, el agua rápida parecía terrible como la muerte, y la espuma sobre su superficie, blanca como la muerte, no parecía menos mortal. Las mujeres, con sus bebés en los brazos, siguieron a los hombres. Cuando llegaron a la mitad del río, los padres tomaron en brazos a los niños, los levantaron en el aire; el agua les mojaba la barba. Pero luego el río empezó a crecer de nuevo. Sorprendentemente, a pesar de la oscuridad y de estar sobre la gélida y rugiente agua, los niños guardaron silencio, ninguno se puso a llorar. Los hombres volvieron de nuevo atrás para ayudar a cruzar a los ancianos, a los adolescentes y a las niñas; las dos familias eran numerosas. Cuando alcanzaron la orilla de Armenia, todos se pusieron de rodillas, lloraban y besaban la tierra, acariciaban las piedras frías. Los guardias fronterizos soviéticos no los vieron enseguida; era una noche muy oscura. Uno de los fugitivos silbó y un guardia fronterizo los llamó. El jefe del puesto apareció y se puso a interrogar a los fugitivos. Lo comprendió todo al instante y se sintió profundamente conmovido. En la orilla se congregaron sus compañeros oficiales, sus esposas llegaron del pueblo a toda prisa con ropa seca para las mujeres y los niños. Tuvo que haber algo conmovedor en ese regreso nocturno, en ese encuentro entre un grupo de campesinos rusos barbudos que venía de Turquía y un grupo de jóvenes soldados rusos, en las llorosas esposas de los oficiales que abrazaban a las viejas y a los niños *molokanes* en la orilla del rugiente Araks. Mientras me contaba esta historia, Iván empezó a llorar de repente y, al escucharle, yo también lloré. Entretanto, en Tsajkadzor, la vida discurría como de costumbre... En el restaurante de Karapet-agá los conductores, los vendedores de las tiendas del pueblo, los maestros y los albañiles se reunían para beber vodka de uva, entonar canciones, achisparse, armar escándalo, comer kebabs, carne de vaca curada al aire, *sulguni*,[1] judías verdes picantes y cilantro; luego bebían más vodka de uva y agua mineral con gas Dzhermuk. Los borrachos se jactaban: la Dzhermuk es mejor que la Borzhomi georgiana; son los armenios los que inventaron el *sulguni*. Aunque coñac sea una palabra francesa, no hay ninguno mejor que el armenio; no hay uvas más dulces que las armenias. Fueron los armenios los que enseñaron a los georgianos a asar la carne en brochetas, aunque la verdad es que todavía no han aprendido a hacerlo. A veces en las tranquilas calles del pueblo oigo cantos y estruendo de tambores: se celebra una boda.

Al cabo de algunos días me invitaron a una casa a beber vodka. Y un día después visité la biblioteca en donde una mujer ancha de espaldas y con bigote me enseñó un libro mío traducido al armenio. Lo habían leído, pues las hojas estaban hinchadas y el canto del volumen se veía deteriorado.

¿Qué más necesito? En la calle la gente me saluda con una sonrisa: *Barev! Barev dzes!* La gente comparte sus historias conmigo, me habla de sus vidas y de sus penas. Iván me explicó la historia de los *molokanes* que habían cruzado el Araks de noche, y ese hombre que me había parecido cruel había llorado. Me invitaron a una casa campesina a beber vino y a hablar de la vida. Habían leído en Tsajkadzor un libro mío, algunas hojas estaban un poco hinchadas. Por lo tanto, todo estaba bien. Allí, era un hombre más entre otros hombres.

1. Queso georgiano salado y de textura elástica que se prepara en pocos días con leche de vaca o búfalo.

7

Mi primer viaje largo fue al lago Seván. Está en medio de un pedregal. Es muy extraño: de golpe, entre las piedras, emerge el agua azul del lago. El Seván no tiene nada que ver con esa tierra pedregosa, árida, así como una piedra preciosa no tiene nada en común con el terciopelo negro sobre el cual se la deposita. Montañas y colinas secas, abrasadas por la canícula y los vientos, labradas por el peso geológico del tiempo y, en medio de ellas, el azul del agua. Por lo general, el agua y la tierra están unidas, pasan gradualmente de una a otra: arena húmeda, fina, chapoteante, una orilla que desciende, hierba exuberante, juncos, sauces, sus hojas se miran en el agua, respiran agua. Pero aquí la piedra quemada de las montañas y el agua azul viven separadas. A esa altitud, el agua parece tener poco de terrenal, es como si se hubiera dividido y exfoliado de la bóveda celeste, está tan alta que, más que al nivel del mar, está cerca del cielo. Y es incluso extraño que, en esta agua azul, transparente y fría, vivan peces; se podría pensar que bajo la superficie del Seván volaran pájaros celestiales. Son peces particulares, es verdad: color gris plateado, esbeltos, salpicados de manchas estelares, son *ichkan*, peces-príncipe, truchas.

En la taza de piedra que contiene el Seván, los hombres han excavado una mina, y el agua, elástica, se precipita en el valle, y con su peso azul mueve las turbinas generando luz y energía eléctrica. En el valle, el agua pierde su azul, se vuelve verde, gris. Quizá es el azul del Seván, que se transforma en luz.

Toda Armenia está inundada de luz; tienen electricidad también los pueblecitos perdidos entre las montañas y las antiguas cuevas de Zangezur, todavía habitadas. En esas cuevas, los seres humanos vivían hace muchos siglos antes de Cristo, antes de la aparición de los sumerios, ya en la Edad de Piedra y de Bronce, probablemente.

La mayoría de los actuales habitantes de estas cuevas trabaja en los talleres de una fábrica en que se construyen aparatos de precisión. En las cuevas iluminadas con electricidad hay radios y televisores. La electricidad está por todas partes: en los motores en funcionamiento y en los trenes eléctricos, en la música, en las secuencias de las películas en el cine, en el suave movimiento rotatorio de los telescopios sobre el Aragats. El Seván consume su cuerpo azul, lo transforma en luz y en calor. El nivel de agua en el lago ha descendido once metros, allí donde había agua del lago ahora hay una depresión triste color marrón oscuro. El lago abandona su cuenca de piedra. La Armenia inundada de luz eléctrica llora el Seván que muere. Hace poco nació el proyecto de hacer confluir en el Seván un río de montaña para conjurar su muerte. Entretanto, sin embargo, esta perla azul se reduce día tras día, se diluye...

¿Qué pintarán los artistas si se seca el Seván? En la pinacoteca de Ereván, en muchos restaurantes y en las salas de espera de las estaciones, en los cuartos y en los vestíbulos de los hoteles, vi muchos Seván. Vi el Seván en las ilustraciones de los libros, en postales, en anuncios de comida y de productos industriales.

¿Y qué harán los que lleguen al Seván para degustar las truchas del restaurante Minutka?

Cuando, después de la enésima curva, nuestro coche desembocó en el lago, nos encontramos ante las crestas nevadas de los montes, bañadas por el sol. Parecían azul claro, la nieve de la montaña debe de haberse impregnado del cielo y del agua del lago. Y sobre un plato de piedra rugosa –negro, rojo, marrón– está el Seván, azul, casi infinito.

En la isla jorobada que hoy, por la bajada del cauce del agua, está unida a la orilla, se alza una antigua capilla creada con una sencillez y una perfección incomprensible para el hombre actual. Según la leyenda, la capilla fue construida por la princesa Mariam para un joven monje cuya belleza la había impresionado. Por las mañanas, desde la ventana de su castillo en la montaña, Mariam veía al joven monje en la isla, pues aquí el aire es claro y transparente.

Goethe decía que había contado once días felices a lo largo de su vida en ochenta años... Creo que todo ser humano, durante su vida, ve inevitablemente varios centenares de albas y puestas de sol, lluvias y arcoíris, lagos, mares, prados... Pero de entre los cientos de estampas de la naturaleza sólo dos penetran en su alma con una fuerza prodigiosa y se convierten para él en el equivalente de los once días felices de Goethe. Nunca se apagará de la memoria una nubecita arrebolada por una silenciosa puesta de sol, aunque cientos de ocasos más bellos y suntuosos acaben por olvidarse, extinguidos para siempre; así, nunca olvidaremos una lluvia de verano o quizá una joven luna reflejada en la superficie abigarrada de un arroyo de abril en los bosques.

Por lo visto, no basta con que una u otra escena sean espléndidas para que se queden impresas en nuestra alma y en nuestra vida. En ese preciso instante también en nosotros tendrá que haber algo espléndido y puro: es como un amor correspondido, es el momento en que el ser humano y el mundo se encuentran y se funden, un momento de felicidad y de infelicidad a la vez.

Aquel día el mundo era maravilloso. Y el lago Seván, por supuesto, es uno de los lugares más bellos de la tierra. Yo, en cambio, no estaba bien predispuesto, tenía los oídos llenos de los relatos sobre el pequeño restaurante del lago, el Minutka. Después de conocer la historia de la princesa enamorada, mi única pregunta fue: «¿Y dónde se encuentra ese pequeño restaurante?».

Mi encuentro con el Seván no fue logrado, no quedó impreso en mi alma, ni dentro de mí perduró una sensación de pureza, de belleza divina; mi única preocupación propia de un cuadrúpedo desprovisto de alas y de nobles instintos fueron las truchas. Martirosián me había arruinado el viaje desde el principio con estas palabras: «No siempre hay truchas en el Minutka». Me atormentaron durante todo el trayecto.

En Moscú cualquier común mortal no puede esperar a degustar una trucha del Seván. Dicen que desde la capital armenia aviones especiales de alta velocidad abastecen de esa mercancía a las embajadas de Moscú. Y no es que se pesquen en gran cantidad. A decir verdad, habría sido una pena hacer 3.000 kilómetros hasta el Seván para descubrir que ese día en el restaurante no servían trucha. ¿No fueron las innumerables representaciones pictóricas del Seván las que envenenaron mi encuentro con ese lago alpino? El papel del artista nos parece siempre espléndido, y del arte –si es verdadero– pensamos que nos acerca a la naturaleza, que nos enriquece, que nos vuelve más profundos, que es un manantial de agua viva. Pero ¿es así? Tal vez. Después de haber visto cientos de cuadros, cuando finalmente vi el Seván, pensé que era otro cuadro más de otro miembro más de la Unión de Artistas.

Debo confesar que los lienzos de Sarián que había visto en Moscú no me ayudaron a sentir Armenia. Vi Armenia de otro modo. Tuve que rasguñar de mi alma la felicidad vívida de sus telas para sentir la piedra antigua y brumosa del trágico paisaje armenio. ¿Acaso la poesía y la pintura son dañinas para el alma, sirven obsesivamente a un estereotipo del espíritu, en lugar de contribuir a su profundidad? Pero ese día había trucha en el restaurante. Y el encuentro con ella sí que fue logrado.

El restaurante, una casa baja de madera con una terraza, se erguía sobre el lago, al pie de la montaña. En la entrada, bajo nuestros pies, chirrió retumbante el suelo de tablas. Entramos en una sala desierta que, más bien, no era una sala, sino una salita, o, mejor todavía, una habitación amplia y fresca. Había cinco o seis mesitas cubiertas con unos manteles blancos. Las ventanas daban al lago, pero la habitación estaba oscura: la terraza cubierta tapaba la luz.

Nos acercamos al mostrador: bajo el cristal, en grandes platos ovalados y redondos, como antiguos escudos de combate, había pimientos verdes y rojos marinados, hierbas diversas, berenjenas azules rellenas, los estantes de botellas de vino y de coñac llegaban al techo. Eran el séquito –tamborileros, damas de honor y pajes–, el cortejo de la trucha. Al parecer, la trucha se encontraba detrás de una puerta semicerrada. Al cabo de algunos minutos un camarero sonriente de pelo cano se apostó detrás del mostrador del bufet y en la habitación entró un joven alto y pálido con el pelo rizado y despeinado. Cualquiera, al mirarlo, habría reconocido en él a un poeta.

El joven se alegró, incluso se alteró, al ver a Martirosián. Me lo presentaron. La conversación se desarrolló en armenio, que yo no entendía. Pero comprendí que aquel diálogo fluido y vivaz era bello e importante. Al final nos instalamos en la mesa junto a la ventana, miramos el lago, después de lo cual nos giramos hacia la puerta de la cocina donde, entretanto, había desaparecido el joven poeta.

Martirosián me informó brevemente de que en la cocina había truchas frescas, pescadas con redes aquella misma mañana, y que las cocerían en el agua del Seván, lo que les conferiría un gusto especial. Lo acompañaríamos con coñac y con agua mineral Dzhermuk.

Silencio. Más allá de la ventana también callaba el lago azul. Estábamos solos en aquella salita vacía. El camarero se acercó sin hacer ruido y posó sobre la mesa una garrafita con un líquido verdoso amarillo que recordaba el vino joven. Martirosián me explicó que era un vinagre especial, de vino, de sabor suave y delicado. Después el camarero silencioso trajo platos con pimientos salados, berenjenas y hierbas. A continuación, dejó en la mesa una botella de coñac, la destapó, abrió una botella de Dzhermuk, nos sirvió a los dos una copa de agua fresca, murmuró algo en armenio y se fue en silencio. Callábamos también nosotros y sentíamos crepitar en el interior del cristal empañado las burbujitas de gas, impetuosas y veloces.

Dimos un pequeño sorbo de agua, probamos aquellas hierbitas picantes, el pimiento ardiente, y dimos dos sorbos más de agua helada. Silencio. De nuevo se acercó el camarero, examinó la mesa y luego a nosotros, como probablemente lo hiciera el organizador de una corrida de toros con sus astados antes de hacerlos salir al ruedo. Con una servilleta barrió las hipotéticas migajas del mantel blanco e impecable y volvió al mostrador. Nosotros no decíamos ni una palabra.

En ese instante la puerta de la cocina se abrió con estrépito y apareció una mujer baja, gorda, sonrosada, de ojos negros, vestida con una túnica blanca, y nos llegaron voces sofocadas, agitadas y divertidas de hombres y mujeres; luego, con la cabeza echada hacia atrás, sosteniendo una bandeja blanca en lo alto de la que se elevaban abundantes nubes de vapor, el joven poeta se dirigió a nuestra mesa.

Del mismo modo que quien describe una boda se calla cuando el relato llega al momento en que los novios entran en el dormitorio, me callaré yo en el instante en que el plato con la trucha fue servido en la mesa, y Martirosián llenó las copas de coñac.

Sí, sí, mi encuentro con el lago Seván no fue un encuentro logrado; yo no tenía alas y una trucha me mantuvo con los pies firmemente plantados en el suelo.

8

Durante un mes no hice más que trabajar muy duro. Luego decidimos descansar, hacer una salida, darnos un festín –como dicen por aquí– en los alrededores de la ciudad de Dilizhán. La carretera discurre junto al Seván, cruza el paso Semiónovski y va hacia la frontera de Azerbaiyán.

En la cesta teníamos algunas botellas y carne cruda del carnero que Arutiún degolló ayer. «Pobre bestia», murmuró Martirosián, el instigador del crimen. Sobre su conciencia pesan cientos de vidas de ovejas, pues le gustan las brochetas de carne. Volodia, el conductor, carga en el maletero leña seca y *shampuri*, las varillas en las que se ensartan las carnes para asarlas.

Las primeras en subir al pequeño autobús de cristal son las señoras: la mujer de Martirosián, Violetta Minasovna, y mi cotraductora, Hortensia; luego es el turno del autor de la epopeya sobre la fundición de cobre, del director de la Casa de los Escritores antes secretario del comité regional del Partido, Tigrán, y el aquí firmante, el traductor que sólo sabe dos palabras en armenio, *che* y *barev*.

Violetta Minasovna tiene unos hermosos ojos grises, prepara una maravillosa sopa de pollo armenia, rollitos de hojas de parra rellenos con carne de cordero picada y arroz –los *dolmá*–, magníficos pimientos y berenjenas rellenas con nueces y melocotón. Es hospitalaria, amable, pero no está desprovista de defectos. Viajar con ella es difícil: con su voz imperiosa exige que el autobús se detenga en cada tienda, ya sea de comida o de otro género. Quiere encontrar blusas y zapatos para sus hijas y está obsesionada con la harina de trigo sarraceno. Durante el trayecto regaña a su marido porque fuma mucho, vicia el aire y le cuesta respirar. No comprendo las palabras, pero de vez en cuando las voces suenan malévolas y en los ojos negros del autor de la epopeya refulgen destellos como cuando mira a un «pobre cordero», mientras que los de Violetta se humedecen de lágrimas de ofensa.

La traductora Hortensia sube al autobús de lado, con la gracia de una mujer gorda. Los jóvenes armenios la miran con ojos de lobo. Tiene un éxito enorme aquí, que contradice el escepticismo de Moscú, por su pecho titánico y sus flancos legendarios. Aquí se siente como Gauguin, que después de largos años de indiferencia, se convirtió en el ídolo de los esnobs. Tanto éxito la embriaga, pero siempre tiene los nervios a flor de piel. Es el precio de la fama. Aun así, la energía de Hortensia es infinita. Imposible compararla a otras criaturas de la fauna y de la flora terrenal: es una hembra de buldócer, es hija del cucharón de una excavadora en movimiento. Por la mañana, Hortensia adelgaza, salta a la cuerda, y la casa construida tiempo atrás por el rico *molokán* Slivin tiembla. Así tiembla la tierra cerca del Vesubio. Hortensia es impetuosa, buena, carece de tacto, es cínica.

Limpia los zapatos de sus amigos varones, les lava los calcetines y los calzoncillos, les compra en el mercado manzanas y berza agria, los abastece de medicinas, siempre está dispuesta a poner ventosas –e incluso lavativas, si es necesario– a un camarada más viejo. A un camarada le daría todo su dinero y se quedaría también un mes junto al cabecero de la cama de un enfermo. Es una patriota apasionada, una auténtica armenia. Pero le gustan los hombres rusos. Es muy sensible, le gustan la música, la poesía, las flores y la pintura, pero cuando habla emplea las palabras rusas más fuertes. Palabrotas incluidas. Su gran peculiaridad es que en ella la amoralidad se combina con una bondad perfectamente cristiana. «Voy a trabajar», dice a veces, cariacontecida, «trabajaré hasta la hora de la cena». Y se presenta en la cena soñolienta, sonrojada, ardiente como un horno: desde la hora de la comida hasta la cena todo el edificio se ha llenado de sus potentes ronquidos. A veces llora, y sus lágrimas son abundantes como un aguacero africano. Son casi siempre lágrimas de rabia, menos a menudo de dolor y, aún menos frecuentemente, de piedad.

Pero al final, ¿quiénes son los buenos, y quiénes, los malos? ¿Los buenos son siempre buenos? ¿Los malos pueden convertirse en buenos, y los buenos, en malos?

Así son nuestras damas.

Unas palabras sobre Martirosián. No hay nada que ame más que su pueblo. No es ni siquiera amor, lo suyo, sino una adoración apasionada. La historia de los pueblos, la literatura mundial, la arquitectura, la filosofía, la humanidad, el sistema solar, la Vía Láctea, la galaxia, la metagalaxia... Todo es consecuencia de la prioridad armenia, global, cósmica.

A veces tanta pasión conmueve, entusiasma; otras, te parece tierna y cómica; otras, ni siquiera tierna, sino rayana en la locura.

Martirosián es un hombre de cincuenta años con una agradable cara inteligente y una nariz carnosa un poco grande; brillante conversador y narrador, es un sibarita, un experto en coñac, un hombre que, conforme a la expresión de Anatole France, ama elogiar a Dios en sus obras. Y las obras de Dios son infinitamente diversas, no se refieren sólo a las nietas de Eva, sino también a las sopas, al *jash* y al *spas*,[1] a las brochetas de riñones de carnero, a las truchas asalmonadas, al yogurt *matsún*, al agua mineral Dzhermuk, al billar, a las berenjenas rellenas, a la casa de toba rosada a orillas de un torrente susurrante de montaña, a los compartimentos

1. Sopa típica armenia a base de *matsún*, un yogurt de leche fermentada.

de los trenes internacionales, a las conversaciones con los amigos, a una butaca en el presídium...

Martirosián concilia de manera bastante natural y espontánea el culto a la estupenda arquitectura armenia, al paisaje armenio, a las antiguas canciones populares armenias, a la sabiduría de los antiguos pergaminos armenios escritos en *grabar*[1] con el culto a su personalidad. Martirosián se quiere a sí mismo sincera y profundamente. Siente por sí mismo la misma veneración poética que profesa por el agua azul del Seván, la nieve del Aragats, el valle del Ararat rosado por los melocotoneros en flor. Se ama tanto como ama las riquezas inestimables del Matenadarán. Le gusta explicar simpáticas anécdotas sobre situaciones ridículas en las que se ha encontrado, o sobre los adversarios que critican ásperamente sus libros, o bien sobre los estudiantes que aplauden a Shirás[2] y no a él, o sobre sus manifestaciones de docilidad en los tiempos de Stalin. Pero, aunque lo parezca, no es autocrítica. Al contrario, estos relatos son la expresión de un amor auténtico por sí mismo, son las debilidades y las extravagancias de un Dios.

1. El *grabar* o armenio clásico es la forma más antigua de la lengua armenia, cuyo primer documento escrito data del siglo v d.C. Si bien sigue siendo la lengua litúrgica de la Iglesia armenia, el *grabar* dejó de ser la lengua literaria en el siglo xviii.

2. Hovhannes Shirás es el seudónimo del poeta y traductor armenio Tadevosi Karapetyan (1915-1984). Dedicó la que es considerada su obra maestra, *Dantesco armenio*, al genocidio de sus compatriotas, que no fue publicada íntegramente en Armenia hasta 1990.

9

El camino a Dilizhán es muy hermoso.

Bordeamos la orilla del Seván, ante nosotros desfiló el restaurante Minutka, pero yo miré hacia otro lado. El coche subía por la montaña.

¡Qué potente, terrible y buena es la fuerza de la costumbre! Los seres humanos se acostumbran a cualquier cosa: al mar, al cielo estrellado del sur, al amor, al catre de una cárcel y al alambre de espinos de un campo de prisioneros.

¡Entre la primera noche de pasión y un áspero intercambio de opiniones con la mujer sobre la educación de los hijos se abre un abismo! ¿Qué tienen en común el encuentro maravilloso con el mar y un paseo por la orilla en un mediodía sofocante para comprar un recuerdo en un quiosco? Es tremenda la desesperación de quien ha perdido la libertad. Y he aquí que, entre bostezos en el catre, piensa: hoy habrá bodrio de *shrapnel* o de col en salmuera. Es la costumbre la que crea este abismo. Su aparente y monótona inmutabilidad esconde una dinamita que lo hace estallar todo. La costumbre lo destruye todo: ¡la pasión, el odio, el sufrimiento, el dolor! Nada se le resiste. Yo también me he acostumbrado a las truchas del Seván. Por lo demás, las he aburrido.

Atravesamos una aldea, en medio de la carretera algunos niños agitan truchas en el aire.

–Compremos alguna para asarlas en brocheta –dice Martirosián. La brocheta de trucha es una novedad: el rodillo de la costumbre todavía no la ha planchado.

–Está bien, ¿por qué no? ¡Para, Volodia!

Los jóvenes vendedores nos ponen en la mano manojos de pescado: los cuerpos de esas princesas-truchas muertas son aún bellos, pero sus ojos son ciegos, las bocas están entreabiertas y curvadas en una mueca mortuoria.

–¿Cuánto? –pregunto.

–Veinticinco rublos antiguos el kilo –traducen el armenio las señoras.

Mi pregunta es meramente teórica, dado que soy un invitado y no me consienten que pague la cuenta en el restaurante, el agua mineral, las manzanas en el mercado, el billete del trolebús, el periódico ni los sellos. Al principio eso me turbaba, me fastidiaba y me irritaba. Pero la fuerza de la costumbre no tiene límites, y ya me había habituado a no gastar nunca cuando iba por la calle, ni siquiera un kopek. La verdad es que a veces este sentimiento sosegado me abandona: ¿no habré adquirido demasiado rápidamente esa extraña costumbre? ¿Por qué incluso me parece agradable?

¿Es esto lo que me enseñaron de niño?

Una treintena de koljosianos sentados junto a un muro de piedra. Es un día laborable, son horas en las que se debería trabajar, pero no tienen pinta de estar construyendo el comunismo: la mayoría de ellos deslizan entre los dedos las cuentas de un rosario.

Después de la guerra el aspecto de la aldea armenia cambió drásticamente: las chozas, con siglos de historia, oscuras y estrechas, excavadas en la tierra y cubiertas de guijarros ennegrecidos por el humo, van desapareciendo, ya casi no existen. Cada vez son menos, año tras año. En muchas aldeas armenias han desaparecido del todo. Ya no existen, a pesar de que permanecieron inalterables a lo largo de milenios.

Visitamos las nuevas casas luminosas de los koljosianos y luego las viejas: madrigueras de piedra llenas de hollín con hornos tandur excavados en el suelo. No hay duda de que las nuevas son mejores. Volvemos al coche.

Los koljosianos rodean a Martirosián, la conversación se anima. Luego Martirosián da un discurso. Los campesinos armenios saben escuchar asombrosamente bien. Con esa misma expresión pensativa se podría escuchar el sermón de un apóstol.

Martirosián se acerca al coche con el rostro animado. Dice que casi todos con los que ha hablado en la aldea leyeron su novela con atención y que se identificaron hasta tal punto con los personajes que le pidieron cambiar los destinos funestos de algunos de ellos: que le devolviera una pierna a quien había perdido las dos en un accidente, o que resucitara a algunos de los muertos. Se habían dirigido a él como a un dios, el omnipotente señor del mundo en que viven las criaturas salidas de su pluma. Al amo de sus vidas y de sus destinos. ¡Qué emoción! Eso es realmente la felicidad: los personajes que has creado se convierten en parte integrante del pueblo que amas. Y este pueblo es bueno, nunca te pedirá que le quites la otra pierna al que ya ha perdido una. Nunca te pedirá que sustituyas la orden honorífica de Suvórov entregada a un general por una medalla al valor o por una insignia de excelente cocinero. Nunca te pedirá que el hijo se enfurezca con una madre vieja que le manda, al frente, cartas llenas de mentiras dulcificadas. Nunca pedirá a su dios que castigue a un trabajador responsable que en medio de las tormentas de nieve y bajo el polvo más tórrido, con el sol o con la luna, dice siempre la verdad y sólo la verdad.

El pueblo es magnánimo, pide al dios indulgencia y compasión.

Los dioses terrenales, los miembros de la Unión de Escritores, artistas y compositores, crean el mundo a su imagen y semejanza.

Está el mundo de Hemingway. Está el mundo de Gleb Uspenski. Y son diferentes, obviamente. Hemingway describe personas que adoran las corridas de toros y la caza exótica, escribe de dinamiteros españoles y de pescadores en las aguas de Cuba, mientras que Uspenski describe a los artesanos borrachos de Tula, a los centinelas, a los alguaciles, a los burgueses locales y a las comadres.

¡Esos mundos, sus mundos, no están creados a imagen y semejanza de una comadre rusa o a semejanza de un torero bello y herido! Estos mundos están creados a imagen y semejanza de Uspenski y Hemingway. Y lo interesante es que, si Hemingway tuviese que poblar su mundo de policías rusos y de carpinteros borrachos de Tula, el suyo seguiría siendo el mundo de Hemingway. Y todo, los álamos, los senderos fangosos, el polvo, las charcas, las casuchas, el cielo gris de otoño de Rusia, será al estilo de Hemingway. Mientras que en el mundo profundamente melancólico de Gleb Ivánovich Uspenski también el cielo azul de España y el bello torero que come anguilas en salsa de ajo y da sorbos de vino están impregnados de melancolía.

Hasta qué punto son débiles e imperfectos los dioses terrenales que crean el mundo a imagen de la tierra y a su propia semejanza: Homero, Beethoven, Rafael. Imágenes, semejanzas –es el mundo cósmico y espiritual de Roerich transcrito al color: en ese mundo todo es invariablemente azul–, las montañas, las personas, las nieves, los árboles, los gorriones. He aquí el mundo anguloso y cuadrado en que todo –muchachas y flores– está hecho de esquinas y cuadrados. Y junto a él el mundo maravilloso, curvo y oblicuo de Picasso. Y, más allá, un extraño mundo de espirales, comas y garabatos. Y todavía más allá el mundo abstruso, balbuciente nebuloso, filosófico de Pasternak.

Mundos de absurdidades significativas y mundos de muchos significados absurdos. Mundos de obsesos: algunos por el amor; otros, por el vino, por la guerra o por la siembra en hoyos y en cuadros; otros, por pensamientos continuos y espontáneos.

Y hay mundos creados por alumnos geniales que quieren reconstruir y difundir en tiradas un mundo impreso en una única copia. Son óptimos alumnos, trasponen en un relato el milagro del mundo, son los artistas-realistas...

Todos estos mundos, sin embargo, son mundos de imágenes y semejanzas vivas. Hay, además, otros dioses completamente diferentes, desenvueltos, serviciales, dioses-camareros, dioses del «qué desea», que crean enérgicamente mundos por encargo, por el sueño de fantasías de circulares administrativas, por disposiciones ministeriales. Su mundo está poblado de fantasmas de papel, de figuritas pintadas de cera y de cartón. Es un mundo de contrachapado, de hojalata y papel maché. Y estos mundos de pompas de jabón están siempre llenos de luz y de armonía, son mundos con un objetivo, en los que todo tiene un sentido. Pero ¿a imagen de quién han sido creados? He aquí la cuestión.

Porque los mundos creados a imagen y semejanza de los dioses de la pluma, del pincel, de las cuerdas y de las teclas son mundos llenos de imperfecciones e irracionalidad, mundos mal cocidos, distorsionados y deformados, mundos desplazados, raquíticos, pobres, a veces ridículos, con la fascinación idiota de lo primitivo y de lo ingenuo, con una profundidad cómica, con el *pathos* monolítico del bien, con una vanidad encantadora y con el entusiasmo ante el propio refinamiento y belleza, con la ceguera del sufrimiento, con esperanzas injustificadas, con la monotonía tediosa de un solo color o con miles de estúpidos colores de una tela de percal.

Y por extraño y asombroso que parezca, en el cuadro más loco del subjetivista más abstracto que crea una ridícula unión de líneas, puntos y manchas, hay más realismo que en los mundos armoniosos inventados por encargo. Porque un cuadro extraño, absurdo y loco es por lo menos la expresión auténtica de un alma viva. Mientras que un mundo armonioso, lleno de detalles naturalistas, de espigas opulentas y de un robledal frondoso, que nace de un encargo, ¿qué clase de alma es capaz de expresar? Una oficina no tiene alma, no es un ser vivo.

No existen mundos perfectos. Existen sólo los universos cómicos, extraños, que lloran y cantan, los universos truncados e imperfectos creados por los dioses del pincel y de las cuerdas, que vuelcan en sus creaciones su sangre y su corazón, pecador o inocente. Probablemente nuestro Señor en persona, Sabaoth, el auténtico creador, mira esos mundos con una sonrisa maliciosa.

Los grafómanos se enfadan cuando las revistas rechazan sus obras: «No entiendo por qué no aceptan mi manuscrito», dicen. «Hace poco publicaron un texto del director que es una absoluta basura, en serio, de ningún modo es mejor que mi novela.» Y de la misma manera, con estos mismos argumentos, habrían tenido que defenderse de la sonrisa sarcástica del Señor Dios también Homero, Bach, Rembrandt y Dostoyevski.

No fueron escritores, poetas ni compositores los que crearon el alma de Eichmann, los sesenta grados bajo cero de Verjoiansk, las tarántulas y las cobras, las absurdas vorágines y los absurdos abismos del cosmos, las células cancerosas, las radiaciones que reducen a ceniza cualquier cosa, los cenagales palúdicos, el permafrost y las arenas ardientes del Karakum, la locura, la crueldad y la insensatez del universo.

¿Será lícito preguntar al divino burlón a imagen y semejanza de quién fue creada la humanidad, de quién fueron creados Hitler y Himmler? Porque las personas no le dieron un alma a Eichmann, la gente se limitó a coserle el uniforme de Obersturmbannführer. Muchos hijos de Dios cubrieron su desnudez con los uniformes de general o la camisa de seda de los verdugos.

Aquí entra en juego la modestia del creador que creó el mundo en un arrebato y enseguida lo dio para imprenta, sin pararse a revisar el borrador. ¡Cuántas contradicciones y cuántos pasajes prolijos, cuántas erratas e incongruencias en la trama, cuántos personajes inútiles! Pero los grandes maestros saben lo doloroso que es podar, cortar el tejido vivo de un libro escrito en un arrebato y publicado en un arrebato.

Y ya es hora de irnos de la aldea.

10

Lo primero que vi al llegar a Armenia fue la piedra. Al irme, me llevé la visión de la piedra. Del mismo modo, de una cara no se recuerda todo, sino sólo los rasgos que mejor reflejan el carácter, el alma: las arrugas severas, los ojos dulces, quizá los labios gruesos, húmedos de saliva. Y a mí, me parece, lo que expresa el carácter y el alma de Armenia no es el azul del Seván, ni los huertos de melocotones, ni los viñedos del valle de Ararat, sino la piedra.

Nunca había visto piedras como esas, piedras desparramadas, y eso que había visto la cordillera de los Urales, las rocas del Cáucaso, la piedra majestuosa del Tian Shan. En Armenia lo que sorprende no es la piedra rocosa, ni la que forman los picos de las montañas, los desfiladeros, las pendientes escarpadas, las cimas nevadas. Conmueven las piedras planas, diseminadas por el terreno, los prados y los campos de piedras, las estepas de piedra.

La piedra no tiene comienzo ni fin, y allí yace, plana, densa, desolada, anárquica, infinita. Es como si allí hubieran trabajado canteros, miles, decenas de miles, millones de canteros, día y noche, durante muchos años, siglos, milenios. Con cuñas y martillos abrieron montañas enormes, las partieron en trozos lo bastante grandes para construir muros de prisiones, chozas, iglesias. Con los restos de esta inmensa cantera se podría levantar una montaña cuya cima estuviera cubierta de nieve; de esta cantera se podría extraer tanta piedra que bastaría para construir todas las Babilonias de la tierra, comenzando por aquélla engullida por la arena hace tres mil años para acabar con la que hoy resuena con cláxones al otro lado del océano Atlántico.

Basta con mirar esas piedras verdes y negras para entender quién es el cantero que las ha hecho así. ¡El tiempo! Son piedras insólitamente antiguas, y su verdor y su negrura parecen fruto de la vejez. El cuerpo potente del basalto se ha quebrado por los golpes de los milenios. Las montañas se han desmoronado, el tiempo se ha revelado más fuerte que los bloques de basalto. Y ahora ya no son las canteras del universo, sino el campo de batalla entre una enorme montaña de piedra y la mole del tiempo. Dos monstruos se enfrentaron en estos campos, y el tiempo resultó vencedor: las montañas murieron, derrotadas en la batalla contra el tiempo, como los mosquitos, las mariposas, los seres humanos, los dientes de león, los robles y los abedules. Muertas, vencidas por el tiempo, las montañas yacen reducidas a cenizas, sus esqueletos esparcidos por todas partes, sus huesos verdes y negros están tirados en el campo de una batalla perdida. El tiempo triunfa, es invencible.

Por minutos se tiene la impresión de que en este reino extraño y terrible la tierra no engendra vida, sino muerte, que, en lugar de escaramujos, cornejos y hierba, de la tierra crezcan piedras negras, que abril y mayo no hagan nacer aquí flores, sino sólo piedras. La piedra empuja para salir del vientre de la tierra, inunda su superficie; fuerzas lúgubres e indiferentes nos recuerdan que la finísima muselina de las tierras negras, la muselina de la vida, apenas logra cubrir la esfera muerta del cosmos, esculpida de minerales pesados y rocas caídas de las montañas. Esto demuestra hasta qué punto es fortuito y efímero el paraíso azul y verde terrenal. Aquí se ve el auténtico carácter lúgubre de la tierra, sin artificios ni melindrerías, sin alboroto de pájaros, sin el agua de colonia de las flores en primavera y en verano, sin el polvo vivo del polen.

Vas entre las piedras por un campo de piedras. ¡Es extraño, maravillosamente extraño! Huesos de piedra, al parecer, yacen sobre un lecho plano de piedra. Nada de tierra. Los pies se posan sobre un entarimado de piedra raspado, pulido, negro, verdoso, rojo. Es liso, resbaladizo, parece encerado. A veces te da la impresión de que estás ante un trozo de tierra negra, pero no es tierra, es el suelo negro de piedra. Mira, un charco rojo de arcilla. Pero son planchas rojas del entarimado de piedra, liso, reluciente, como encerado. Conozco al que ha pulido este suelo, es el mismo que talló la piedra: es el tiempo, el tiempo, el invencible tiempo.

Los artistas armenios, me parece, nunca han representado con toda su fuerza este terreno pedregoso que yace sobre un gigantesco entarimado de piedra. Es curioso que el paisajista de un caos feliz y festivo de prados y jardines en flor sea considerado el pintor nacional de Armenia.[1] ¡Qué tristes, extraños y efímeros prados y jardines floridos sobre el fondo trágico de la historia de un pueblo antiguo, sobre el fondo trágico de las montañas muertas, dispersas! Esa mole de piedra ha engendrado en mí un profundo respeto por el trabajo de los armenios. Ese pueblo pequeño empezó a parecerme un pueblo-gigante. Me acordaba de la abundancia de frutos vistos en el mercado koljosiano el día de mi llegada a Ereván, y al mismo tiempo ante mí se erguía la piedra callada e implacable de Armenia.

Sólo un gigante tiene la fuerza de transformar la piedra en uva dulcísima, en montañas de verduras suculentas. Rosados son los melocotones y las manzanas de Armenia, indestructible es su piedra, áridas y secas son las pendientes de sus montañas. Un trabajo titánico engendró estos huertos de melocotones entre la piedra ardiente, exprimió zumo de uvas del basalto.

Hace tiempo, cuando era joven, fui a trabajar al Donbás. Me destinaron a la mina más profunda, la más calurosa y la

1. Alusión al pintor armenio Martirós Sarián (1880-1972). Su producción, en la que predominan el género paisajístico y los colores saturados, revela una gran influencia de Gauguin y Matisse.

más rica en gas de la Unión Soviética, la Smolianka-II. La profundidad del pozo era de ochocientos treinta y dos metros, pero las galerías en la pendiente oriental estaban a una profundidad de más de un kilómetro. Y en el fondo húmedo y caliente de la Smolianka observé el trabajo de los picadores, los entibadores y los caballistas. Me sorprendió la adusta potencia de las carboneras pansoviéticas. Y ahora, bajo el cielo azul de Armenia, mientras miraba los viñedos y los huertos que se extendían entre las piedras de Armenia, me acordé del Donbás.

Por unos instantes me pareció ver que sobre los viñedos ascendía el resplandor humeante del colosal trabajo de los obreros de los altos hornos y de los fundidores de acero, que se rompía la piedra del Aragats bajo los picos de los mineros, que se perforaba con las taladradoras.

¡Qué trabajo enorme, pesado e inteligente! Pero este trabajo no sólo era enorme. Era también la prueba de la audacia, de la intrepidez del hombre. Si los soldados son los peones de la guerra, quien utiliza el martillo, la pala y el arado tiene en sí la intrepidez del soldado.

El pequeño gigante avanza, desafía a dos monstruos –las montañas y el tiempo–, la piedra de Armenia tiembla y acaba por retroceder: las hectáreas de tierra arrancadas al enemigo, liberadas de la piedra, vivificadas por el agua, no dejan de crecer.

Aquí el agua tiene una fuerza especial, mágica. Es realmente el agua viva de los cuentos que resucita a los muertos.

Y cuando la ves correr a través de los canales excavados entre rocas escarpadas, fluyendo por las laderas de las montañas, transformándose en un exuberante paraíso de huertos y campos cultivados, parece como si los campesinos, los obreros y los ingenieros armenios hubiesen refutado y anulado la ley de la gravitación universal de Newton: el agua parece encaramarse, en lugar de fluir por el valle, como un alpinista trepa hacia las cimas de las montañas, y va, avanza, sube por las colinas de piedra, jadea y resuella, se encrespa y sube por las escarpadas pendientes que le indica la audacia del hombre.

Y el pequeño gigante prosigue, infatigable, en su hazaña hercúlea. Los torrentes de agua de montaña se transforman en torrentes de luz, el terreno muerto de piedras se transforma en casas llenas de vida bulliciosa. Y en los montes, las colinas y los valles de Armenia los caminos tienden su propia red de seda gris.

Actuar es la naturaleza del hombre. La estrategia de la cultura humana es el ataque. El hombre desafía los pantanos y la vastedad de los océanos, el hielo y las enfermedades, las grandes extensiones boscosas, los hielos perpetuos y también el cielo.

El pequeño gigante avanza incansable e intrépido por la árida piedra de Armenia. El pequeño gigante empuja el agua hacia arriba por los despeñaderos montañosos y esta agua genera trigo y uva de la piedra, la precipita a los valles y extrae de ella el fuego de la electricidad. El pequeño gigante anima la piedra muerta que se transforma en cristal vivo, transforma grumos de minerales en cobre tintineante. Horada el grosor de los milenios y recoge la miel antigua en la frescura del Matenadarán.

El pequeño gigante apuntala los pies en la nieve crujiente del Aragats, sondea el pozo sin fondo de los pársecs y, vencida la oscuridad del espacio, mira atentamente en las pupilas del universo. El resplandor humeante de su fatiga insomne se recorta contra el azul terso del cielo armenio.

Pero el pequeño gigante no sólo trabaja, le gusta beber y comer. Y bebe y come y, cuando ha bebido, danza, hace ruido y canta.

El coche entra en un pueblo de sectarios rusos *molokanes* y enseguida tengo ante los ojos escenas e imágenes de Penza, Vorónezh y Oriol: viejos barbudos, niños rubísimos con camisas desgarradas de percal fuera de los pantalones con botas de fieltro destaconadas demasiado grandes, isbas con las ventanas tapiadas. E incluso en el ladrido de los perros y en el andar de los gallos se siente Rusia.

Subimos al paso Semiónovski, donde comienza el maravilloso camino que conduce a Dilizhán. Es el mismo camino que recorrió Maksim Gorki en 1928. El mismo que recorrió mi tía Rajil Semiónovna, evacuada de Odesa, en 1941. Por supuesto, es un episodio que no tiene sentido mencionar en un libro de literatura. Gorki es un escritor de fama mundial, mientras que mi tía y la literatura no tienen nada que ver. Su padre, Semión Moiséievich, era agente de seguros y era considerado entre sus parientes como un hombre limitado y necio. Se decía que mi tía no destacaba por sus logros académicos cuando estudió en el liceo privado Lebenzon de Odesa. Al parecer, heredó de su padre su insensibilidad hacia la literatura y el álgebra, y no se parecía en absoluto a su madre, Sofia Abrámovna. Pero a Rajil Semiónovna toda la familia la quería mucho, pues se distinguía por su gran bondad, resignación y afabilidad. No tuvo una vida fácil: su marido, un economista, fue una víctima inocente de las purgas de 1937 y murió en Kolimá; su hijo, Volodia, que, a pesar de su juventud, daba cursos de microbiología en la universidad, fue represaliado y golpeado hasta la muerte por el juez instructor en la cárcel: se negaba a confesar que había envenenado unos pozos; su hija Nina, una chica asombrosamente encantadora y hermosa, se suicidó el día en que se licenció con honores en la facultad de química; su hijo menor, Yasha, soldado de caballería, fue asesinado en el frente durante un ataque. Y todos sus parientes y amigos que permanecieron en Odesa murieron de una muerte terrible en el pueblo de Domaneievka, donde los alemanes ejecutaron a noventa mil judíos de Odesa.

El viaje a Dilizhán de esta mujer dulce no pinta nada en unas notas literarias. ¿Lloró al ver la prodigiosa belleza de este camino de las montañas, pensando en su vida, o bien, esperanzada, sonriendo con tristeza, encontró consuelo y esperanza en esta belleza? No importa.

Les pregunto a mis compañeros de viaje si algún personaje ilustre recorrió alguna vez este camino. Pero, por supuesto, no pensé en comunicarles: «¿Saben? Mi tía pasó por aquí en el invierno de 1941». No tuvo éxito, la pobre vieja, se quedó en el banco anónimo de arenques y sardinas. Y, como se sabe, las circunstancias de vida de los arenques y de las sardinas no entran en la historia.

El coche atraviesa el paso Semiónovski. La carretera va por las montañas, describe dieciséis virajes de varios kilómetros cada uno y luego baja al valle. Es imposible ir deprisa: la carretera es estrecha, el barranco es mortal. Ni siquiera el temperamento alocado de los conductores armenios se manifiesta en esta carretera: los coches avanzan disciplinados, lentos, como seres racionales que temieran por su vida.

Y sin prisa se suceden cuadros maravillosos que surgen, flotan ante los ojos y desaparecen lentamente para volver a emerger, después de la enésima curva, donde comienzan a tomar forma, a crecer, a girar, pero adoptando ya una posición un poco diferente respecto a antes. Y junto con el cuadro que ya conocemos aparecen y crecen generosamente muchos prodigios nuevos, nunca vistos.

Las laderas de las montañas están cubiertas de pinares, los pinos son enormes, el sol no ha aplacado su fuerza. Las cimas de las montañas están nevadas. Y son cimas de perfil curvo y sinuoso, recuerdan gigantescos panes de azúcar. Pero se lo recuerdan a quienes tienen más de cincuenta años, dado que hace muchas décadas ya que las fábricas no producen esos conos envueltos en un grueso papel azul.

Para crear lienzos de fuerza extraordinaria la naturaleza recurre a medios bastante sencillos y modestos. Un tranquilo y claro día de invierno, la nieve sobre las montañas, los pinos, un poco de blanco, de verde, de azul... Ya sea la inmensidad del cielo o esos bosques infinitos del color del cobre, ya sea la calma austera, la pureza extrema de los colores... No existe en el mundo un blanco más blanco que esta nieve pura de montaña; no hay azul más limpio, más profundo y más claro que el azul del cielo suspendido sobre esta nieve de montaña; bien por la respiración del humo que se extiende sobre el valle, bien por todo el conjunto, el cuadro que surge es extraordinario por su encanto pictórico, por su sencillez y sabiduría interior.

El hombre mira este mundo callado y claro, un mundo de quietud cristalina y de pureza, y comienza a darse cuenta de que no necesita agitarse en el valle de la vida que mata el alma. Seducido por la majestuosa pureza de las cimas nevadas, empieza a ver como un acto heroico la soledad del eremita, ve una choza en el bosque, oye el ruido de un arroyo de montaña, mira las estrellas que centellean entre las agujas de pino.

Sin querer, empecé a darme cuenta yo también de que la vida en el valle es amarga y dolorosa. Cuánto daño había causado yo a los demás, probablemente más del que me habían causado a mí. Hay que vivir solo.

Y mientras yo reflexionaba sobre la vida en una montaña nevada, nuestro autobús acristalado descendió al valle y echó a correr, acelerando, por la carretera.

Ahora los márgenes de la carretera estaban cubiertos no de nieve, sino de fango. En los charcos sucios se reflejaba el sol, y era tan caliente y radiante que nadie habría sospechado que era diciembre.

Entramos en una aldea, y el sueño de una vida eremita se desvanece. Las casitas surgen entre los pinos, con terrazas y galerías llenas de vida, de niños, mujeres y ancianos: la fantasía ayuda a imaginar las diversas estaciones del año rural y las horas de la jornada en el campo, y la vida de quien vive en aquellas casas, en aquellas galerías junto a la fuente, de pronto se vuelve nítida: las mañanas de primavera y las tardes de verano con los cantos de los hombres, los sonidos de la zurna,[1] el mugido de las vacas y la canícula

1. Instrumento de viento de doble lengüeta de la familia de los oboes, muy extendido en los países musulmanes.

de mediodía, con los viejos que dormitan al fresco deslizando entre los dedos las cuentas del rosario y miran a las mujeres jóvenes que se dirigen a la fuente cargadas de jarras y cubos.

Asesinos de rostro bondadoso y honesto despedazan el cuerpo ensangrentado de una oveja que acaban de matar. Un borracho avanza tambaleándose. He aquí la vida pecaminosa del valle pecaminoso.

Por alguna razón los pensamientos recientes me causaban cierto malestar y me vinieron a la mente dos versos de Sasha Chiorni:[1]

Vivir en una cima desnuda, escribir sonetos sencillos,
y alimentarse de pedir a la gente vino, croquetas y panecillos.

Pero ¿vivir como un eremita es un signo de valentía? ¿Hay valentía en apartarse de la vida? También el suicidio es apartarse de la vida. Ir a una soledad eterna. Pero ¿es debilidad, cobardía, huida? ¿Qué es? A veces me parece que el suicidio es la gran prueba de fuerza de un hombre débil. Que ha vivido como un débil, sin demasiada honestidad, y que, por la pureza perdida y por no haber tenido la fuerza de vivir como es debido, elige dejar la vida. ¿Es debilidad eso? No lo sé. Pero pensémoslo: ¿es fácil para un débil renunciar a todo lo que posee, al *borsch* con judías, al vino, al mar, al amor, al cielo de primavera?

A veces el suicidio es el acto lógico que comete alguien con un gran intelecto, al constatar que delante de él hay un muro, un abismo, un pantano, mientras los estúpidos y los miopes siguen pululando en el tremedal de las esperanzas y del optimismo.

Otras veces, el suicidio es una manifestación de la ceguera, de la limitación: la persona no ve más que una pared, cae

1. Seudónimo de Aleksandr Glikberg (1880-1932), poeta satírico ucraniano y escritor de literatura infantil.

en la desesperación y, en su miopía, no nota que la salida, el camino, está justo al lado.

Y a menudo el suicidio es la consecuencia de una enfermedad mental de los alcohólicos, los morfinómanos, para quienes el verdor de la hierba, el mar, el sol, todo se ha cubierto de una costra de melancolía y dolor.

Estas personas mueren voluntariamente porque el mundo en el que viven fue desprovisto de sentido, muerto por ellas mismas.

Otras veces el suicidio es fidelidad a una causa: mi vida ya no tiene valor, pues murió la elevada causa a la que serví.

Otras, todavía, el suicidio es la traición a una causa: ¿qué importancia tiene para mí esa elevada causa, si mi querida, adorada y dulce me abandonó?

Pero una cosa está clara para mí: el suicidio no es simplemente una acción, es una superacción, bien de los fuertes, bien de los débiles. Pocos, muy pocos, fuertes y débiles, son capaces de dar este paso terrible, espantoso, voluntario, último...

Los anacoretas del siglo XX no viven en celdas y cavernas, ni en eremitorios del bosque o en los desiertos. Es por eso que en el mundo civilizado parece no haber eremitas. Pero no es verdad. Hay muchos. Más que en los tiempos del martirio cristiano. Sus celdas están camufladas, se sitúan en las ciudades del mundo moderno, en las casas comunales. Los eremitas andan por las calles de Moscú y de Kiev, trabajan en las fábricas, sirven en los ministerios, trabajan como pintores. Llevan chaquetas, abrigos de entretiempo, gorros de astracán.

Pero son igual de anacoretas que los que se retiran del mundo al desierto, iguales a aquéllos que, cubiertos con pieles arrancadas a animales o vestidos con camisas tejidas de hierbas secas, buscaban la revelación suprema en el aislamiento en el bosque.

Algunos de ellos, en la soledad de sus celdas, se arrepienten ante Dios de sus pecados; otros, en sus poesías secretas, cantan a la libertad, al amor, a la belleza; otros, aún, a semejanza de Pimen,[1] escriben crónicas, pero todos tienen en común considerar el aislamiento en el eremitorio, y no las horas y los asuntos de la vanidad cotidiana, como lo más importante de su vida. Todos están unidos en su servicio a Dios en profundo secreto, sin compartir con el mundo la revelación, sin desear volver del desierto al que se han retirado y anunciar a los hombres la luz que descendió sobre ellos.

Me parece que es precisamente en los anacoretas del siglo XX en que se manifiesta con una nitidez especial, casi perfecta, tanto la sublimidad como la impotencia que los laicos siempre notaron en los hombres retirados en el desierto. Los anacoretas de las casas comunales nunca olvidan el abismo que se abre entre el destino del eremita en pro de la verdad secreta y el destino del predicador y profeta de esa verdad.

Probablemente, el anacoreta moderno nunca piensa siquiera en franquear ese abismo ni en acercarse, por lo menos, a su borde. En el mundo hay muchos anacoretas, pero los profetas y los predicadores son raros, muy raros.

Dilizhán es una ciudad maravillosa. Maravillosa porque no tiene vía férrea, porque no tiene una línea aérea que lo conecte al mundo. Es una ermitaña, sólo en parte, claro. Las montañas la han protegido del transporte moderno, el bosque la escondió: sus casas de piedra y de madera están en las laderas de la montaña, entre altos pinos. Esta ciudad está llena de silencio, la ciudad es al mismo tiempo aldea y una colonia de casas de campo.

Está llena de tranquilidad, conservó ese encanto que caracterizaba, a pesar de todo su mal, el pasado patriarcal. No es hostil a la naturaleza, el bosque montañoso la dejó entrar en su seno con confianza; la ciudad y el bosque viven juntos.

1. Alusión al personaje del monje y cronista de la obra de teatro de Aleksandr Pushkin *Borís Godunov* (1831).

La mayoría de las casas en Dilizhán están pintadas de azul claro. Aunque están construidas de madera, el bosque no parece asustado; los árboles frutales crecen al lado de sus hermanos forestales domesticados. Los precios de las frutas en Dilizhán son bajos; al fin y al cabo, hay poca exportación, no existe la línea férrea. Las manzanas de Dilizhán son grandes, dulces, suculentas... En el mercado hay mucho vino, es turbio, opalino, frío, lo venden en botellones, garrafas, jarros y vasos. En el mercado de Dilizhán hay más vendedores que compradores.

De Dilizhán te enamoras a primera vista. Y el primer pensamiento de quien se enamora de la ciudad es que, para curar el alma, sólo hay que vivir en este lugar. Aquí es posible encontrar la paz, el sosiego, el silencio, sentir el encanto de las montañas nocturnas, del bosque taciturno, de los arroyos susurrantes.

Pero no es verdad. El joven Lérmontov no tenía razón al escribir:

...se aplaca la inquietud de mi alma...[1]

La inquietud del alma humana es terrible, inextinguible, no es posible aplacarla ni huir de ella, ante ella son impotentes los silenciosos ocasos rurales, el chapoteo del mar eterno y la querida ciudad de Dilizhán. Lérmontov no venció su inquietud al pie del monte Mashuk. En el silencio no encontramos salvación del rechino de la melancolía, la frescura de la montaña no enfría el alquitrán caliente que nos quema por dentro, es imposible tapar una brecha sangrienta con la vida de la encantadora ciudad de Dilizhán. ¿Habrá dormido plácidamente también esa vieja mujer evacuada, Rajil Semiónovna, lloraría aquí por las noches? Llora Rajil por sus hijos, no quiere consuelo, porque ellos ya no están...[2]

1. Verso del poema «El prisionero» (1837).
2. Jeremías 31:15.

Vamos hacia la frontera con Azerbaiyán. A la derecha, un ruidoso río de montaña; a la izquierda, cerca del camino, aldeas rebosantes de ese encanto rural que tanto placer nos procura cuando lo contemplamos desde la ventanilla del coche, ese encanto al que la población de las aldeas, ansiosa tercamente por mudarse a la ciudad, le otorga poco valor. Más adelante se yerguen las colinas, después las rocas. El bosque terminó, las colinas están cubiertas de hierbas espinosas, abrasadas por la canícula veraniega. Las rocas son abruptas, de color rojo, negruzco-castaño oscuro. Después la tierra se endereza, se acaban los montes, surge la estepa que se extiende hasta el mar Caspio.

Martirosián me muestra las rocas rojas y verticales, dice que allí viven enjambres de abejas salvajes. Los acantilados son tan escarpados que nadie ha logrado jamás escalarlos, y la miel acumulada por el trabajo de innumerables generaciones de abejas de montaña rebasa las grietas de la roca y se vierte desde la cima; la recoge la gente que vive al pie de los acantilados.

Escogimos un lugar a orillas del río. Volodia improvisa un brasero con piedras, enciende el fuego, ensarta en las brochetas la carne de cordero, destripa las princesas, lava sus cuerpos en el río. Las señoras, entretanto, extienden el mantel, fijan los bordes con unos guijarros pesados del río, sacan de sus redecillas y de las cestas *lavash*, verduras, botellas, vasos. El tintineo de tenedores y cuchillos se mezcla con el barullo del río de montaña.

Nos sentamos alrededor del mantel. La brocheta de trucha es buena, la piel de las princesas, carbonizada al fuego, se ha reventado en algunos puntos, se ve su carne rosada. Bebo mucho, más de lo que tengo costumbre. El coñac no me sienta bien, es pesado, la cabeza no se embriaga con el vapor claro del alcohol, el fuego no recorre mi cuerpo, los dedos y las orejas se me siguen helando bajo el gélido viento; la nariz resuella y, aunque no la vea, siento que está de color rojo azulado. Bebo y como preocupado todo el rato porque las señoras también beben para combatir el viento frío y porque no sean suficientes para todos dos botellas de coñac. Está bien que Volodia no beba; después de todo, tenemos por delante el difícil camino de vuelta. Pero Martirosián le dice algo en armenio, Volodia se ríe, asiente y se atiza un vasito. Bebí mucho, pero el coñac no surtió efecto en mí. A veces pasa. A veces bebes cien gramos, y el mundo se transforma prodigiosamente: todo, tanto el mundo interior como el mundo exterior, suena tan nítidamente como una campana. Lo que es secreto se vuelve evidente, las máscaras caen de los rostros, en cada movimiento que alguien hace, en cada palabra humana, se revelan un sentido y un interés particulares, el día aburrido e insulso se llena de encanto, ese encanto está en todas partes, nos emociona y nos deleita. Y el sentido de tu propio ser se vuelve igualmente especial; eres consciente de ti mismo de una manera profunda y extraña. Esos felices cien gramos acontecen por lo general antes de la comida...

Pero a veces bebes y bebes y te vuelves cada vez más sombrío, como si te llenaras de esquirlas punzantes de cristal roto, te sientes pesado, una suerte de imbecilidad perezosa se apodera del corazón y del cerebro, te agarra de las manos y de los pies. Y, en esos casos, los conductores y los mecánicos, dominados por una terrible rabia que emana de su estómago, de su alma invadida por las náuseas y de sus manos y de sus pies presos de la angustia, se pelean a navajazos.

En momentos como ésos bebes mucho, con el ansia de abrirte paso y de irrumpir en el paraíso, de escapar de las garras de la melancolía y del desespero sin motivo, de la repugnancia hacia ti mismo, del ardiente resentimiento que sientes hacia tus seres más queridos, de la inquietud y del miedo infundados, del presentimiento de una desgracia...

Y cuando finalmente comprendes que las puertas del paraíso son inaccesibles, vuelves a beber. Ahora lo que quieres es embriagarte para dormir, para llegar a ese estado que las damas califican con la expresión de «borracho como un cerdo».

Emprendemos el camino de vuelta con la puesta de sol. El inmenso silencio vespertino no se percibe con el oído, sino con los ojos, lo vemos a través de los cristales del autobús. El silencio es un océano, y nuestro pequeño vehículo tembloroso se mueve a través del océano de silencio, sin apenas perturbar su superficie.

Cuando empezamos a subir por las curvas de la carretera asfaltada, el sol poniente iluminó de repente decenas de cumbres nevadas, y la blancura nítida de la luz diurna fue sustituida por una increíble riqueza de colores y tonos. Fue tan asombroso, tan hermoso, tan divino ese sereno anochecer, la sombra en el valle, los pinos que parecían negros en la oscuridad, las pendientes y las cumbres de las montañas se tornaban azules, violetas, cobrizas, rosadas y rojas. Cada cumbre tenía su propio color particular, y todas ellas se unieron para formar un único milagro, un milagro que era imposible contemplar sin una profunda emoción. Esta belleza exagerada e increíble de las montañas suscitaba un sentimiento mayor que el de la emoción, provocaba una turbación en el alma, casi miedo. Las cumbres nevadas parecían perfectas con sus contornos redondeados y suaves, contra el fondo de un cielo color azul pálido, y sus colores –vivos y puros, tiernos y brillantes a la vez como flores africanas, calientes, aunque nacidas del sol invernal en la nieve fría– parecían llenar el aire de una música que no perturbaba el gran silencio. En momentos como éste parece que algo improbable está a punto de suceder, una transformación radical de las personas, una transformación de todo el mundo interior y de todo lo que nos rodea. Y es extraño y triste, pero esta expectativa de un cambio profundo engendró en mí no sólo una insoportable alegría, sino también un sentimiento muy diferente. Quería que esa estampa insoportable se apagara deprisa. Quería que esos colores cedieran a la calma del crepúsculo, a las cenizas habituales y queridas, que todo volviera a ser como antes. No había necesidad de un cambio insoportable. Que todo siguiera como siempre, no deseaba esa novedad liberadora que rompía los huesos, que laceraba...

Este sentimiento debía de haber nacido de las profundidades oscuras y fatídicas del alma humana, y a veces también salvadoras. Un terror compartido por todos los hombres y las mujeres. Pronto, por supuesto, mi patético deseo se cumplió: las flores africanas se marchitaron, cayó el crepúsculo. Regresamos a nuestro pueblo. Pedí que detuvieran el vehículo delante de la taberna. Fui a la barra, donde los borrachos armaban escándalo, esperé en la cola y dije: «Ciento cincuenta gramos, tres estrellas».

El camarero armenio, sin saber ruso, comprendió mis palabras. Cuando me lo aticé, me miró interrogativamente, y pasé el dedo por el vaso vacío, un poco más arriba del fondo. El camarero volvió a entenderme: me sirvió otros cincuenta gramos de vodka.

En fin, conseguí mi objetivo: me aturdí. Al llegar a mi habitación, me desvestí apresuradamente para no dormirme vestido, y luego me acosté a toda prisa para no quedarme dormido en la silla. Normalmente, antes de irme a la cama, abría la ventana; nuestro buen Iván mantenía la caldera muy caliente; era muy agradable dormir si hacía fresco, y, a veces, mientras dormía, oía el suave murmullo del riachuelo debajo de la ventana. Pero esta vez no abrí la ventana y, tal vez a causa del calor sofocante, tal vez porque mi corazón ya no soporta grandes cantidades de alcohol, me desperté por la noche. Mis hermanos de mediana edad y de edad avanzada, tanto los que bebéis mucho como los que lo hacéis sólo de vez en cuando, sabéis con certeza lo que es despertarse en mitad de la noche después de una buena borrachera.

Silencio, el corazón late con fuerza, inquieto, pero no duele. Respirar no es difícil, pero el cuerpo está cubierto de sudor frío. Alrededor todo es silencio. Pero la ausencia de un dolor físico, la falta de un motivo claro para despertarse, es en sí misma alarmante, causa inquietud. Algo debe de haber pasado, pero ¿qué? Apetece saltar de la cama, moverse, encender la luz, abrir la ventana y, por alguna razón, da miedo moverse, toser, mirar el reloj que reposa sobre la silla, al lado del cabecero. Una desgracia invisible envuelve el bochorno de la noche. Algo pavoroso ocurrirá de un momento a otro. Para conjurar este horror, la persona necesita moverse, hacer ruido, pero parece que basta con mover un dedo, levantar la cabeza, para que lo pavoroso acontezca. Una sensación de extraordinaria soledad se apodera del hombre y, tanto si la respiración de la mujer adormecida se oye al lado como si el hombre está solo en la habitación, se siente completamente solitario e indefenso.

Me desperté en mitad de la noche y comprendí que me moría. El pecho y los hombros estaban bañados en sudor frío, el corazón parecía latir separadamente de mí, la respiración era regular, pero no tenía oxígeno en los pulmones, como si sólo inspirase el nitrógeno inútil. La angustia previa a la muerte se apoderó de mí. El terror de la agonía, del final de la vida, crecía segundo a segundo; estaba en esa torturante levedad del cuerpo, que ya no era mi cuerpo, mi única casa, la casa de mi yo. Parecía que el cuerpo me abandonaba, que huía de mí: mis manos, mis pies, mis pulmones y mi corazón me abandonaban, y mi yo ya estaba fuera de ellos, no conseguía sentir mis dedos desde dentro, como estaba acostumbrado a sentirlos desde que nací, los sentía desde fuera; la unión inseparable de mi yo con mi frente, mis oídos, mis rodillas y mi pecho peludo se perturbó terriblemente, yo estaba separado, arrancado de mi cuerpo, me palpé buscando el pulso, me toqué con las palmas la frente cubierta de sudor frío, pero yo, mi yo, ya casi no estaba en esos dedos, ni en ese pulso que palpitaba bajo la presión de mis dedos que se negaban a dar refugio a mi yo; en la palma de la mano y en la frente fría, bajo mi mano, había cada vez menos de mí, nos separábamos cada vez más con cada segundo que pasaba. Estaba a punto de ocurrir la destrucción de aquella inefable intimidad e indescriptible fusión entre mi cuerpo y yo, en comparación con las cuales la unión entre hombre y mujer, entre madres e hijos adorados, no es nada. Era como si un río, único desde el instante de su formación, de pronto se desdoblara, se separase en dos cursos, se bifurcara.

Y en mitad del bochorno de la noche, ya casi abandonado por mi cuerpo que se escabullía y se escapaba de mí, pensé con una claridad espantosa y cristalina lo que me estaba pasando. Me moría. Y esta sensación de muerte, a la que nada en la vida se asemeja, este tormento de la angustia mortal, surgía precisamente porque mi yo continuaba, nada lo oscurecía, seguía separado del cuerpo, por sí mismo. Y al mismo tiempo, en este rechazo de mi yo por parte de mi pecho frío y sudado, de mis lamentables dedos húmedos, es donde estaba mi fin, mi extinción, mi sueño eterno, mi hora suprema, mi aniquilación insólita, infinita e irreversible. A fin de cuentas, era en ellos, en esos dedos, en esas uñas, en esas axilas, en esa nariz que resoplaba, donde yo vivía. Y el terror se ocultaba justamente en eso: ahora yo no me encontraba en mis axilas ni en mi ombligo, sino en mi yo incorpóreo junto con el Gran océano, con la Osa Mayor, con los manzanos floreciendo en abril, con mi amor a mi madre, con mi loca pasión por mis seres queridos, con la inquietud de mi conciencia, con los libros que leí, con la música de Beethoven y las cancioncillas de Vertinski y Leschenko,[1] con mi amargo resentimiento, con mi vergüenza, con mi compasión por los animales, con mi odio por la fuerza aniquiladora del fascismo, con mi admiración por el mar que vi por primera vez hace cincuenta años y con mi admiración por las montañas nevadas que vi ocho horas atrás, con mi re-

1. Aleksandr Vertinski (1889-1954), compositor, poeta, actor de cine, cantante y artista de cabaret que dejó una gran huella en la manera de interpretar las piezas vocales. Piotr Leschenko (1898-1954), artista ucraniano conocido como el «rey del tango ruso». Sus canciones fueron muy populares, aunque tanto el tango como el foxtrot estuvieron considerados estilos contrarrevolucionarios en la época soviética.

cuerdo de las peleas infantiles, con las ofensas que infligí intencionadamente o sin querer a los demás...

Y este mundo incorpóreo, este universo incorpóreo que era mi yo, se estaba muriendo porque mis dedos, mi cráneo, mi miocardio se desprendían de mí, se escabullían de mi yo; una catástrofe cósmica ocurría en un cuarto oscuro, en la oscuridad sofocante: un hombre viejo moría, alejado de sus seres queridos, en algún lugar junto a la frontera turca. Mientras se moría, se angustiaba también por su soledad; no había a su lado un ser querido cuyo desespero tal vez le proporcionase consuelo: su mundo incorpóreo dejaba una triste marca en un alma, en unos ojos bañados en lágrimas.

Así yacía postrado, pasajero sin billete, arrojado de un tren en marcha con todo mi abultado equipaje. Así yacía contemplando cómo decenas de miles de pensamientos, sentimientos y recuerdos, convertidos de repente en inútiles y estúpidos, se escabullían de mis cestas y de mis maletas llenas y volaban hacia las eternas oscuridades invernales.

Me moría, y tardé en asimilar que mis dedos volvían a ser míos, que estaba otra vez dentro de ellos, que mi corazón estaba dentro de mí otra vez y yo dentro de él, que mi yo estaba de nuevo dentro de mis pulmones, y que mis pulmones ahora respiraban oxígeno. Ya no estaba fuera de ellos. El cráneo, cubierto de piel fría y húmeda, volvió a ser mi frente habitual, caliente y seca... Mi cuerpo y yo dejamos de separarnos, volvimos a fusionarnos en un todo, en Vasili Grossman. Como antes, había silencio y oscuridad, no tenía lugar ni el más mínimo ruido o movimiento, no cambié la posición de mi cuerpo, no encendí la luz. Pero ya no había miedo o angustia. La vida, en la oscuridad, sustituyó a la muerte. Tenía sueño y me dormí.

Todo esto me lleva a pensar que este mundo de contradicciones, de pasajes prolijos, de erratas, de desiertos áridos, de guardianes de campos de prisioneros, de estúpidos, de cumbres montañosas teñidas por el sol poniente es un mundo bello. Si el mundo no fuera tan hermoso, la angustia de un hombre moribundo no sería tan e incomparablemente terrible. Es por eso que siento tanta emoción, por eso me alegro y lloro cuando leo o miro las obras de otras personas que han unido con amor la verdad del mundo eterno y la verdad de su yo mortal.

II

En Armenia abundan las capillas, las iglesias y los monasterios antiguos. En este país se encuentra el monasterio de Geghard, excavado en la roca, un milagro nacido en las entrañas de la piedra. Este milagro se realizó gracias a treinta años de trabajo; es el trabajo de un hombre que no sólo poseía un talento titánico, sino también una fe titánica. El hombre que talló en el interior de la montaña un templo armonioso, solemne y gracioso, cinceló en armenio clásico las siguientes palabras: «Acordaos de mí en vuestras oraciones».

La carretera que va de Ereván a Echmiadzín, la pequeña ciudad que acoge la residencia de Vazgen I, el *catholicós* de todos los armenios, y donde se encuentran una magnífica catedral, un monasterio y un seminario, está flanqueada de flores.

Durante largos milenios, el hombre ha trabajado la tierra sin descanso, ha creado objetos y valores espirituales. Muchas de esas creaciones causan admiración a las generaciones siguientes por su elegancia, majestuosidad, riqueza, complejidad, audacia, esplendor, brillo, gracia, inteligencia y poesía.

Pero sólo algunas creaciones del hombre son perfectas, y no son muchas: estas obras auténticamente perfectas no tienen un carácter grandioso ni solemne, ni son excesivamente elegantes. A veces la perfección se manifiesta en los versos de un gran poeta, y no en su totalidad, aunque todos sus versos llevan la marca del genio; sin embargo, sólo de dos o tres se puede decir: ¡verdaderamente perfectos! A las palabras de este poeta no hay nada que añadir. Una música, o parte de ella, puede ser perfecta. Un razonamiento matemático, un experimento o una teoría físicos, una hélice de avión, una pieza fabricada por un tornero, la obra de un vidriero, una jarra creada por un alfarero pueden ser perfectos.

A mi modo de ver, la arquitectura de las antiguas iglesias y capillas armenias es perfecta. La perfección siempre es sencilla, natural: la perfección es la más profunda comprensión de lo esencial y su expresión más plena. La perfección es el camino más corto hasta la meta, la demostración más sencilla, la expresión más clara. La perfección siempre tiene un carácter democrático, es accesible a todos.

Creo que una teoría perfecta sería comprensible para un escolar, que una música perfecta sería accesible no sólo a los seres humanos, sino también a los lobos, los delfines, las serpientes y las ranas, que los poemas perfectos tienen la capacidad de penetrar en el corazón incluso de un carcelero de un campo de prisioneros y de una mujer maliciosa y gruñona.

La iglesia armenia antigua, con su aspecto sencillo, expresa que entre sus muros vive el dios de los pastores, de las beldades, de los científicos, de las viejas, de los guerreros, de los canteros, el dios de todos los seres humanos.

Se comprende al instante apenas la divisas a lo lejos, en el aire transparente de la montaña, erguida sobre la cima, sencilla como la idea de Newton, joven como si hubiese nacido ayer y no hace mil quinientos años, humanamente divina, divinamente humana. Parece que fue un niño quien construyó esta iglesia con bloques de basalto, tal es la sencillez y naturalidad de su aspecto. Yo, ateo, al mirar esta iglesia, pienso: «Tal vez Dios sí que exista. Si esa es su casa, ¿cómo pudo aguantar en pie deshabitada durante mil quinientos años?».

Sólo una fe de una pureza infantil pudo ayudar a la gente a levantar estas iglesias y capillas, estos monasterios.

Las iglesias son perfectas, pero tenía la sensación de que los armenios, constructores de estas iglesias perfectas, no eran cristianos, sino más bien paganos.

Esa fue mi impresión. No vi a creyentes, ni en las aldeas ni en las ciudades, aunque vi a personas cumpliendo los ritos. Los creyentes no se ven ni se oyen: se sienten. No los sentí ni una vez. En los pueblos vi a muchos hombres y ancianas, y tampoco en ellos sentí la fe.

En Armenia hay muchas ruinas de templos paganos, pero ninguno se ha conservado, ninguno resistió los embates de dos milenios. No obstante, el espíritu del paganismo perduró, no acabó reducido a ruinas, aguantó en pie la prueba de los siglos. Sentimos ese espíritu del mismo modo que el del cristianismo, no por los sermones, ni las palabras ni las oraciones. Así, sentí el espíritu pagano en la manera como los armenios beben vino, comen carne, cuecen el pan, celebran ceremonias, en sus andares, en sus canciones, en su risa. Y no sentí el espíritu del cristianismo, aunque las iglesias armenias sean hermosas y los templos paganos estén en ruinas.

Hace unos años descubrieron un templo pagano debajo del altar de la catedral de Echmiadzín.[1] En las excavaciones arqueológicas se halló un enorme altar tallado en un único bloque de basalto. Es un lóbrego caldero de paredes bajas, con unas ranuras toscas para el desagüe de la sangre. El tamaño del altar es colosal, da la impresión de que ni el más potente tractor moderno ni un tanque de combate serían

1. Catedral cristiana más antigua del mundo y sede del *catholicós* de Armenia, cuya construcción original data del siglo IV d.C. Durante el genocidio turco, Echmiadzín fue un importante centro de acogida de refugiados armenios. Tras la década represiva soviética de los años treinta y la Segunda Guerra Mundial, la catedral recuperó su actividad religiosa y se acometieron importantes trabajos de reconstrucción e investigación arqueológica, gracias en parte a las cuantiosas donaciones de la diáspora armenia. En 1957 se encontraron los restos del antiguo templo pagano sobre el que se construyó.

capaces de desplazarlo. En la pétrea oscuridad de esta cámara subterránea aún se percibe el hálito de una crueldad antigua. ¿Qué sacrificios se consumaron en esta piedra oscura, de quién era la sangre que corría por este desagüe? El joven monje, culto e ilustrado, que nos llevó en secreto al santuario pagano tenía una sonrisa maliciosa y sagaz. El simbolismo es asombroso: una catedral cristiana erigida sobre un templo pagano. Cuando volvimos arriba, a la catedral, un sacerdote corpulento de ojos negros estaba bautizando a un niño en el altar. Sostenía con la mano izquierda el Evangelio y, con la derecha, sumergió el hisopo en la maciza pila bautismal de plata y esparció el agua bendita sobre el recién nacido. El sacerdote salmodiaba las palabras del libro sagrado muy deprisa, inarticuladamente, pisaba sobre el negro altar pagano: la hosca bóveda del templo pagano es ahora el pedestal del altar cristiano. En el altar adornado con oro macizo y el icono de Cristo crucificado, el *catholicós* Vazgen I, pastor supremo de todos los armenios, celebra el oficio solemne. Todas las generaciones de *catholicós*, cuyos cuerpos están sepultados bajo el mármol junto a la entrada de la catedral, oficiaban misas y glorificaban a Cristo sin saber que bajo sus pies se escondía lúgubremente una piedra sacrificial pagana…

Pero el espíritu del paganismo ni se ocultó ni murió, sino que siguió vivo en las aldeas armenias, en los antiguos relatos y en las canciones de los borrachos, en la sabiduría escéptica de los viejos, en los arrebatos furiosos de los celosos, en la locura de los enamorados, en los ingenuos, pero picantes, comentarios de las ancianas, en la glorificación de la planta de vid y del melocotonero, en la lealtad carnívora al cuchillo que degüella al carnero, en la sabiduría popular acumulada a lo largo de su experiencia milenaria en los rigores de la vida, en la alegre copa de vino, en los abrazos de la mujer y no en el libro sagrado.

El espíritu del paganismo se manifiesta no sólo en los viñedos y en los pastos. Está también presente en las casas de las aldeas donde nunca encontramos iconos, donde no hay resignación, donde los viejos beben un fuerte aguardiente casero de uva o el oro castaño del coñac. El espíritu del paganismo avanza hasta la propia entrada de la casa de Dios donde, en los días festivos, se llevan ovejas, gallos y gallinas; los sacrifican, a los pobres, a las puertas de la iglesia, a la gloria del dios cristiano.

En casi todos los patios de las iglesias, tanto las activas como las que se mantienen como patrimonio nacional, la tierra está impregnada de sangre de los animales sacrificados, con sus cabezas, sus plumas y su plumón tirados por el suelo. Allí mismo, no lejos de la iglesia, guisan y asan a la brasa a los animales sacrificados, allí mismo agasajan con su carne sacrificada a la gente que pasa.

El paganismo vive también en los propios templos e iglesias, en la ruda materialidad de esas donaciones que los armenios millonarios en el extranjero hacen a Dios, en el oro macizo, en las grandiosas esmeraldas y en los diamantes, en las pesadas pilas bautismales de plata.

El espíritu del paganismo vive en los libros milenarios escritos en pergamino que versan sobre el heliocentrismo, la forma redonda de la Tierra, el encanto del amor. Estos libros están escritos en la lengua de un pueblo que vive en la Tierra desde hace varios milenios, que abrazó el cristianismo seis siglos antes que los rusos y, aun así, preservó la memoria de la sabiduría, de la nobleza y de la bondad de los pueblos paganos que existieron mucho antes del nacimiento de Cristo. Esa memoria liberó a los armenios de la intolerancia religiosa, la crueldad y el fanatismo.

El verdadero bien es ajeno a la forma y al formalismo, es indiferente a la materialización por medio del rito y de la imagen; no busca su refuerzo en el dogma; vive allí donde hay un corazón humano bueno. Creo que, tanto en la bondad del pagano como en el impulso misericordioso del no creyente, del ateo, en la tolerancia de un creyente a otras religiones, el Dios bueno de los cristianos celebra su victoria. Ahí reside su fuerza.

Todo esto es cierto. Pero repito: al hombre que cree en Dios se le percibe en multitud de indicios, no sólo se manifiesta en el contenido de las palabras, sino también en la entonación de la voz, en la construcción de las frases, en la expresión de la mirada, en los andares, en la manera de comer y de beber... A los creyentes se les siente, y en Armenia no sentí a ninguno.

Pero sí vi a personas que observaban los ritos. Vi a paganos en cuyos corazones buenos vivía el dios de la bondad.

Observamos la catedral de Echmiadzín y las donaciones hechas por los millonarios residentes en el extranjero. Me sorprendieron especialmente las esmeraldas y los rubíes, de un tamaño inverosímil, que adornaban las cubiertas de oro y plata de los iconos, las valiosísimas y pesadas encuadernaciones de los Evangelios con cruces de diamantes incrustadas.

¡Cuánta falsedad, evidente incluso para un niño, había en esa lujosa encuadernación del Evangelio!

Al salir de la catedral, vimos al secretario del *catholicós* que acompañaba a uno de los tantísimos invitados americanos. El secretario, un joven poco agraciado con chaqueta civil, sentó al americano en un Volga del Inturist y vino hacia nosotros.

Como siempre, no entendí nada de la conversación entre Martirosián y el secretario. Por alguna razón consideraban legítimo, y no ridículo, que yo, traductor de armenio, esperase a que el autor cuyo libro traducía me explicara en ruso lo que se acababa de decir en armenio. Al fin y al cabo, yo traducía literariamente a partir de una traducción literal. Martirosián le había pedido al secretario que informara al *catholicós* de nuestra llegada y averiguara si nos podía recibir.

Esperamos la respuesta en medio del patio de la iglesia. Me embargaba la emoción. Nunca en mi vida había tenido la oportunidad de conocer a una alta dignidad eclesiástica, el patriarca de una iglesia. Y todo lo que vemos por primera vez en la vida siempre nos agita, sea una nueva ciudad, un nuevo mar, un hombre especial.

El *catholicós*, por supuesto, era para mí un hombre insólito, de una manera nueva y singular. Pero, dado que es propio de las personas sentirse cohibidas e incluso avergonzadas de sus emociones naturales, así como de muchos sentimientos sencillos y naturales, mientras esperábamos a que llegara el secretario del patriarca bromeé y me reí fingiendo ante Martirosián lo habituales que eran para mí las conversaciones con líderes de la Iglesia. Pero Martirosián fruncía el ceño, al parecer también estaba nervioso: si no nos recibía Vazgen I, él se sentiría incómodo delante de mí, pues ya me había hablado en un par de ocasiones de la buena relación que mantenía con el *catholicós*, así que parecería que se había jactado.

Finalmente, el secretario apareció de debajo del arco rojo que conducía a la residencia del patriarca y, con una voz susurrante, desprovista de matices, anunció que el *catholicós* nos esperaba.

Martirosián dejó de fruncir el ceño y sonrió; yo dejé de sonreír y fruncí el ceño.

Pasamos por debajo del arco y vimos un gran y hermoso jardín. En medio de unas altas flores otoñales se levantaba un cenador. Imaginé que por la tarde los clérigos tomaban allí el café y chismorreaban. Pero no me dio tiempo a pensar de qué, pues enseguida entramos en el recibidor del *catholicós*. Después de una gripe perdí el sentido del olfato y, por eso, lamentablemente, sólo pude captar impresiones visuales de esa habitación de techo bastante bajo, con paredes adornadas con grabados, con ese mobiliario antiguo que los jóvenes actuales tiran sin contemplaciones cuando lo reciben en herencia para sustituirlo por otro sólido y aerodinámico. Pero en esa sala, con toda probabilidad, flotaba un agradable aroma a madera de ciprés, incienso, cera caliente y aciano. Esperaba esos olores del mismo modo que el niño de un cuento de Chéjov suponía que los baúles de su tío contenían pólvora y municiones.[1] No obstante, no tuve tiempo de preguntar si de verdad se percibía el olor a madera de ciprés, pues nos invitaron a pasar a los aposentos de Vazgen I, el *catholicós* de todos los armenios.

En el espacioso gabinete bañado de luz, lleno de objetos bellos y valiosos, cuadros, libros en ediciones de lujo, detrás de un enorme escritorio, atestado de libros y manuscritos, se sentaba un hombre corpulento de unos cincuenta años, vestido con sotana negra de seda. El rostro del *catholicós* sonreía, sus ojos buenos y oscuros sonreían, por debajo de su barba negra y encanecida sonreían sus labios carnosos y húmedos. La sencillez de su sotana no era signo de ascetismo, sino de refinamiento.

Nos presentaron, intercambiamos risas y nos sonreímos. Martirosián y yo nos sentamos en unas butacas junto a una mesita colocada perpendicularmente al escritorio. Es posible que yo me riera un poco más fuerte de lo que es conveniente y sonriera con una alegría exorbitada. De hecho, era incomprensible el motivo por el cual yo manifestaba tanto júbilo por el encuentro con el *catholicós*.

Un sirviente pálido vestido con un traje color gris ratón trajo café en unas tacitas pequeñas, coñac en unas finas copas simbólicas y una caja de bombones de chocolate.

Por unos instantes miramos en silencio cómo ponía la mesa el sirviente, y pudo parecer que mi prolongada sonrisa de felicidad tuviera que ver con el coñac y los bombones de chocolate.

Junto a la butaca del *catholicós* estaba apostado un monje cubierto con una sotana negra y una capucha negra puntiaguda que le tapaba la frente. Había oído decir que muchos monjes de Echmiadzín eran excepcionalmente guapos, pero, por lo visto, hasta el momento de ver a ese monje no me había imaginado cabalmente qué era la auténtica belleza masculina. ¡La belleza de ese monje era de veras formidable!

1. Alusión al cuento «El consejero secreto» (1886).

No era una belleza meliflua, falsa, sino demoníaca. Sus ojos radiantes de color amarillo castaño, la nariz, los labios, las mejillas pálidas y la frente conformaban un dibujo extraordinariamente hermoso, pero arrogante y soberbio. Contrastaban vivamente su postura sumisa junto al sillón del *catholicós* y su belleza hostil.

El *catholicós* levantó amistosamente la copa, pronunció unas palabras y dio un sorbo al coñac. Yo bebí a conciencia. Martirosián, el autor cuya novela traducía al ruso, me traducía las palabras del patriarca: el *catholicós* bebía a mi salud y se alegraba de conocerme.

Dio inicio la conversación. Desde el primer momento sentí que mi inquietud era infundada: el *catholicós* no era un individuo de una especie insólita y nueva para mí. Para mí habría sido un individuo insólito y nuevo un hombre dominado por una fe fanática, un profeta, un líder religioso cuya vida interior hubiese determinado por completo cada palabra, cada gesto y cada mirada suyos. Me había inquietado el encuentro inminente con un hombre que, con sólo mirarme, vería cuánto de mezquino, vano y terrenal había en mí, un ateo.

Pero no percibí en mi interlocutor a un fanático, sino a un hombre inteligente, culto y mundano. Su rasgo predominante era precisamente su culta mundanidad.

Hablamos de literatura. El *catholicós* me dijo que no sólo había leído las obras de Dostoyevski, sino que lo había estudiado, que era inconcebible un conocimiento serio y profundo del alma humana sin haber estudiado a Dostoyevski. Añadió que se había publicado una obra suya sobre Dostoyevski, pero por desgracia no podía pedirme que lo leyera porque lo había escrito en rumano, en la época en que era obispo de Bucarest.

Después el *catholicós* me contó que su escritor preferido era Lev Tolstói. No me pareció extraño que todo fuera posible en este mundo; en su momento la Iglesia excomulgó a Tolstói.

Luego el *catholicós* se puso a hablar de escritores que habían escrito sobre los armenios y la historia del pueblo armenio. Quedó claro entonces que el *catholicós* no había leído mis libros.

Más tarde me preguntó qué impresiones me había causado Armenia. Hablé de las maravillosas iglesias antiguas del país. Dije que me gustaría que los libros fueran como esas iglesias, que estuviesen construidos parcamente, de manera expresiva, y que, en cada libro, como en cada iglesia, habitara Dios.

Pero, al parecer, fui el único a quien le gustaron mis palabras: el *catholicós* me escuchó con una sonrisa suave e indiferente. Miré al monje al lado del sillón de Vazgen. Parecía no prestar atención a nuestra conversación. De pronto noté que debajo de su sotana negra asomaban unos zapatos modernos de ante marrón y calcetines de nailon con dibujos.

Luego siguió la conversación entre el *catholicós* y Martirosián. Yo no entendía ni una palabra, pues hablaban en armenio. Pero me pareció que entendía algo, más allá de la conversación. Era una charla entre dos hombres inteligentes, educados, decentes, que conocían la vida y el trato entre las personas, una conversación entre hombres que apreciaban el sentido del humor, que se valoraban y que se profesaban, con toda sinceridad, una simpatía y un respeto mutuos. Algo profundo los unía a los dos: a ese comunista con un traje excelente, conocedor de la historia armenia, propietario de una preciosa casa de campo, amante del vino y coleccionista, y al patriarca de la Iglesia, filólogo de formación europea con teléfonos en la mesa, un hombre culto y mundano.

Ese «algo» que los unía era la desemejanza de Martirosián con alguien que, hambriento y acatarrado, con el abrigo hecho jirones, portara en sí el fuego de la revolución, la disimilitud de Vazgen I con alguien que, al predicar la palabra de Dios, subiera a la hoguera en una aureola de luz.

Dos grandes ideas de la humanidad, el Reino de los Cielos y el Reino de Dios en la tierra, estaban representadas en esos dos hombres.

Pensé: a menudo leemos y oímos que la gente se emociona antes de conocer a un gran hombre, pero apenas lo conocen se tranquilizan, pues resulta que ese gran hombre es sencillo, dulce, simpático y atento como todas las personas sencillas, buenas y atentas. Así se suele hablar de Tolstói, Lenin y Einstein.

Pero esto no es lo que sentí respecto al *catholicós*. Descubrir que Einstein era simpático y directo nunca hizo dudar a nadie de su genio. Y Vazgen I fue amable, sencillo y bueno conmigo, pero dudé de mi primera idea sobre él. Mi emoción se desvaneció porque me encontré con un conocido, mientras que yo pensaba que me encontraría con un desconocido.

Estaba allí, henchido de vanidad huera y mezquina, e intentaba grabar en la memoria los detalles de nuestra conversación, las diferentes bagatelas que la acompañaban, y lo hacía teniendo en cuenta lo que les contaría a mis amigos de Moscú: que tomé un café y que conversé con Vazgen I, el *catholicós* de todos los armenios, sobre Dostoyevski y Tolstói.

Era como si estuviera reseñando una función teatral. Después de veinte minutos de charla, nos despedimos. El monje guapo con la capucha negra nos acompañó hasta el coche. Caminé junto a Martirosián mientras hablaba con él de algo y me reía. Él ya no estaba en el escenario. Y yo pensaba: estaría bien hacerse una fotografía con el monje y que se viera la catedral de fondo, es una lástima que no nos tomaran un retrato con Vazgen, qué bien hablé de la literatura y de las iglesias.

Pasamos al lado de un mendigo ciego que tenía un rostro triste, cara de Job. Pasamos al lado de un campesino que llevaba a una oveja, tirándola de una cuerda, a la catedral. Era terrible, en su espera conmovedora y sumisa de la muerte. Miré al monje guapo que iba a nuestro lado: el Dios de la bondad y de la compasión no afloró a sus admirables ojos; riéndose, pasó junto al viejo que susurraba y al animal indefenso, condenado a muerte.

Un mes y medio después de este encuentro, fui a ver a Iván el calderero, quería conocer a su padre Alekséi Mijáilovich, presbítero de los *molokanes* que viven en Tsajkadzor.

En una tarde invernal íbamos por las calles empinadas y cubiertas de nieve de Tsajkadzor. En las montañas altas la nieve es especial, increíblemente esponjosa y ligera.

Iván andaba en silencio, yo también. Me aburría un poco. Era difícil andar por la capa de nieve intacta, comencé a sentir que me ahogaba. Bajábamos por una calle muy empinada y muy larga, y pensé con pesadumbre que, en el camino de vuelta, tendría que subir la montaña por la nieve alta. Finalmente, después de pasar por encima de un seto medio caído, nos adentramos en un patio, pasamos por delante de un cachorro que ladraba indeciso, así como de unos pequeños cobertizos construidos de cualquier manera con planchas de hojalata oxidada y tablas viejas. El calor del establo de ovejas y el olor del gallinero nos embistió. Este olor siguió flotando en el aire cuando entramos en el zaguán sombrío.

Allí desapareció la sensación de las montañas, de Armenia, del Araks, de la frontera turca. Todo era excepcionalmente ruso, aldeano: el suelo bajo nuestros pies, la penumbra del zaguán, el barril del agua, la jarrita de hojalata sobre un balde cubierto con una chapa de madera.

Después entramos en la habitación. ¡Oh, Dios mío! Allí estaba la Rusia aldeana, de Kursk y de Oriol. Una gran estufa rusa, bancos desconchados en la esquina, una cama bien hecha con almohadas sin arrugas. La Rusia aldeana, esa en la que se siente un poco el aliento de Ucrania. La Rusia en que las tierras de Lgov lindan con las de Glújov, las tierras de Oriol con las de Sumi, las tierras de Vorónezh con las llanuras de Svátovo. Este aliento de Ucrania se manifestaba en las paredes encaladas, en el suelo de tierra, en la colcha tejida colgada en la pared sobre la cama, en el aspecto del zaguán. Sin embargo, al cabo de un rato me di cuenta de que ahí no había el hálito de Ucrania, sino el de Armenia, que se colaba en una isba rusa.

La isba rusa. ¿Pensarán en ella los científicos y los filósofos? ¿Se ha estudiado su diversidad y uniformidad, su evolución y su conservadurismo desmesurado? ¿Hay estudios sobre la estufa rusa, sobre las decenas, o tal vez cientos, de variantes en toda Rusia? Ahí están las estufas del Volga, de Kamishin, de Sarátov, todas del mismo modelo, similares por una férrea ley matemática. ¿Quién recuerda al maestro que las creó? No escribió en ningún lado: «Acordaos de mí en vuestras oraciones». ¡Cuánto pan, cuántas sopas de col, cuánto calor vivo han engendrado esas estufas! Y, de repente, se rompe el reino de las estufas del Volga y comienza el reinado de las de Vorónezh. Todo es igual y todo es de alguna manera diferente: la albañilería, la salida de humo, el poyo, la parte superior donde se duerme en invierno. Otro maestro creó aquí su ley, pero él tampoco osó escribir: «Acordaos de mí en vuestras oraciones». Y ahora, las estufas de Kursk y de Oriol comienzan de pronto a reinar, a gobernar, a cocer, y súbitamente, se rompen, se agotan. Un atamán invisible une distritos y regiones bajo la bandera de un tipo de estufa rusa especial, y un nuevo atamán de las estufas crea estufas a su imagen y semejanza. Y ahora ahí están las cabañas del norte: de Viatka, Arjánguelsk, Vólogda.

Y en algún rincón de la Siberia Oriental, o en el Extremo Oriente y más allá, hay quien se sorprende de repente: ¡pero si estas estufas son como las nuestras, de Poltava, de Volin, las partes delantera y superior son iguales que las de las nuestras! Da que pensar: los emigrados, con miles de carros rechinantes, a través de largas verstas, llevaron con cuidado el modelo de su estufa materna, durante siglos las protegieron de los constantes ataques de las nuevas influencias, de los hogares modernistas, decadentes y paganos.

Tal vez, en algún lugar de Canadá o en las colonias ucranianas de Brasil, reine la misma ley de la estufa, de la isba de troncos, la ley de los zaguanes y de las estufas.

Un funcionario de nuestro ministerio de Asuntos Exteriores me contó que, una vez, en la selva amazónica, una anciana mitad india dijo mascullando con su boca desdentada a su nuera en un popurrí de ruso e inglés: «Cierra las *windows*, que se enferman mis *children…*».

La estabilidad de los mundos interiores de las personas, la estabilidad de sus formas de hablar, de sus costumbres y tradiciones, de los utensilios domésticos resisten la fuerza de los espacios oceánicos, el calor ecuatorial, la selva tropical, las influencias de una vida ajena vívida y ruidosa que persisten en sus ataques durante décadas y siglos.

También en Armenia fui testigo de la extraordinaria tenacidad de la estufa rusa, de la isba rusa, del zaguán ruso y del vestíbulo ruso.

Entonces me dije a mí mismo: no es una cuestión de estufas, ni de ollas de hierro, sino de la profunda esencia del alma de la gente. Lo que tiene fuerza no es la isba, sino que en esa isba viva Iván.

Con todo, Iván hablaba un armenio tan perfecto que los propios armenios envidiaban su vasto vocabulario, su pronunciación, su conocimiento de los matices de los dialectos rurales, de la riqueza de los refranes, proverbios y expresiones que dominaba. Martirosián me dijo que, en su opinión, el armenio de Iván era perfecto. Todos los amigos de Iván eran armenios, bebía con armenios, salía a cazar con armenios, se alimentaba a base de *jash* y *spas* armenios.

Entramos en la isba y conocí a la amable y hermosa Niura, la mujer de Iván. Sobre la estufa estaban sentados los niños rubios de Iván: dos niños y dos niñas. Los niños no eran ruidosos ni mimados; sus caritas luminosas se volvieron hacia mí. Nos pusimos a hablar de los cuentos, y los niños, con inteligencia y seriedad, participaron en la conversación sobre el zarévich Iván, Iván el tonto, el pájaro de fuego, el hermanito Ivánushka y la hermanita Aliónushka.[1] Y en cierto modo eran conmovedores, en las montañas de Armenia, estos niños sentados sobre la estufa, sus cabecitas blancas de lino, sus ojos y su conversación seria y encantadora sobre los cuentos rusos. Eran muy buenos, silenciosos, pero no tímidos. Y junto a la estufa estaba Iván y miraba a sus hijos con una ternura y un amor que no había sospechado. Y para mí se unieron estos niños y los cuentos rusos, esta isba e Iván, que vivía en ella; es ahí donde se revela y se expresa el carácter de una persona rusa cuyo padre, abuelo y bisabuelo pasaron su vida en las montañas de Armenia.

He aquí que en la habitación entraron los padres de Iván: el anciano Alekséi Mijáilovich y la vieja María Semiónovna.

Eran ancianos de pueblo. Él era un campesino cano, ancho de espaldas, de tez oscura, con una chaqueta pobre de algodón muy gastada, una camisa con botoncitos blancos, unos pantalones de algodón con remiendos en las rodillas metidos en las botas de caña de lona. Y su vieja mujer, María Semiónovna, era una vieja rusa aldeana con la cara surcada de arrugas, la espalda encorvada y las manos grandes castaño oscuro, que atestiguaban su larga vida de ininterrumpido trabajo duro.

Nos presentaron y nos sentamos a la mesa. Alekséi Mijáilovich, al percatarse de mi interés por su persona, frunció el ceño y pareció turbarse.

Pero al cabo de un minuto ya estábamos hablando de lo que más le interesaba en el mundo: el amor a la gente, la verdad y la mentira, el bien y el mal, la fe y la incredulidad.

Y desde las primeras palabras de Alekséi Mijáilovich, mientras le miraba la cara y los ojos y escuchaba su habla campesina difícil, incoherente y semianalfabeta, sentí lo que no sentí en los aposentos del *catholicós*: la obsesión de la fe, sentí en él a un creyente y no por sus palabras, sino por un sentimiento que no engaña.

1. Personajes de los cuentos populares rusos.

No trató de convencerme, hablaba con amargura de que las personas no querían seguir la principal ley de la vida: desearles lo que deseas para ti a todos sin excepción, desearlo al margen de la riqueza y la pobreza, de la nacionalidad, de que se profese una fe o no, de la afiliación política o de la no militancia. Si no deseas el mal para ti ni te lo haces a ti mismo, no desees el mal ni se lo hagas a los demás. Ya que quieres algo bueno para ti, deséaselo también a los otros. Hablaba de esto agitado, tartamudeando, buscando las palabras, ruborizado, la cara se le cubrió de sudor y, aunque se secó varias veces la frente con un pañuelo, el sudor volvía a brotar.

Había una fuerza especial en sus palabras, pues no las pronunciaba un sacerdote en un templo, sino un viejo campesino vestido con una chaqueta mugrienta, un campesino que cargaba sobre los hombros, todos los días, un trabajo duro, un campesino que vivía en una isba estrecha y sofocante. Pero ni el peso de la vida ni el peso del trabajo podían vencer su fuerza espiritual.

Su anciana mujer y su nuera lo escuchaban con atención y, de vez en cuando, se entrometían en la conversación; hablaban con el mismo interés grave y profundo de la bondad y de la justicia humanas que Alekséi Mijáilovich. Y esto era, tal vez, lo más admirable también: su fe no existía fuera de su vida, sino que se había transformado en su vida larga y difícil, se había fundido y entrelazado con el *borsch* que cocinaban, con la ropa que lavaban, con las brazadas de leña que traían del bosque.

Y en todo lo que Alekséi Mijáilovich decía, en todo con lo que estaban de acuerdo las mujeres y que escuchaban con atención Iván y los niños, tranquilos junto a la estufa, no había exaltación ni obsesión religiosa: eran palabras sencillas sobre la necesidad de compadecer a todas las personas, sobre la necesidad de desear a todos lo mismo que a nosotros. Eran palabras venidas de la vida, y no de un sermón, palabras de una vida que transcurría en una isba pobre, en el duro trabajo de cada día.

Estas palabras no eran pronunciadas en un tono enfático ni arrogante, sino con tristeza: parece muy sencillo, pero la gente no sabe vivir bien, conforme a la ley de la bondad y de la verdad, sino que se alejan constantemente de ese ideal.

Se me grabó en la memoria que Alekséi Mijáilovich, al hablar de personas malas, de la injusticia, de la calumnia, de la maldad humana, no acusaba a nadie, tan sólo decía en voz baja, con el ceño fruncido: «No vale la pena, eso está de más».

Después Iván y yo bebimos vodka y lo acompañamos de pepinos en salmuera, comimos *jash* armenio y gallina cocida. En cuanto a Alekséi Mijáilovich, Niura le sirvió té con pan. Tomó el té y el pan con un aire casi culpable, sin jactarse de su santidad, como si tuviera vergüenza de exhibírsela al mundo.

Le pregunté qué pensaba de la matanza de los animales, y él me contestó:

–No hay nada que hacer, por lo visto la gente no puede pasar sin ello, pero ir a cazar por divertimento no vale la pena, está de más.

Miró al hijo, suspiró y dijo:

–Mi Iván es cruel.

E Iván no dijo nada, se limitó a suspirar.

Cuanto más conversábamos, mayor era mi agitación. No reparaba en los pormenores, no miraba con curiosidad a mi alrededor, sino que se había apoderado de mí un sentimiento imprevisto.

A veces ocurre algo asombroso: descubrimos que un hombre famoso, dotado de un gran talento, o tal vez incluso de genio, es muy normal, vulgar por su índole espiritual. Su talento existe separado de su alma. Entonces acaba por resultarnos indiferente que ese hombrecillo vulgar, mediano, manifieste sus dotes, ya sea en el laboratorio, sobre las tablas de un teatro, en una sala de operaciones quirúrgicas o creando sus obras literarias.

Pero ocurre también algo peor: cuando una persona, comprendiendo que las personas con las que se va a encontrar esperan de ella cualidades extraordinarias que no tiene, empieza a posar, a proferir vaticinios, a coquetear. Esto, por supuesto, no pasa con los genios, sino con las personas con talento que no llegan al nivel supremo. También hay situaciones semejantes a la que me deparó la visita al *catholicós*: vi a un hombre inteligente, culto, agradable, pero no con el carácter que me había esperado.

Y en ese momento, allí, fue así: las calles abruptas se habían cubierto de nieve alta, costaba andar por ellas, sobre todo con mi resuello, hasta el punto de enfadarme por haber acordado aquella visita a casa de Iván y de su padre: la idea empezó a parecerme inútil y aburrida, pensé que habría cenado mejor en la Casa de los Escritores, que habría jugado al billar y leído la revista *En el extranjero*.

Luego hubo impresiones encantadoras y conmovedoras de la estufa rusa, de los chiquillos rubios, reflexiones sobre el carácter ruso, acerca de que la isba expresaba la constancia de un hombre ruso que hablaba armenio con tanta elocuencia como el más elocuente de los armenios.

Luego me senté a la mesa con el viejo campesino y semianalfabeto, vestido con una chaqueta sucia y botas de lona, y sentí una emoción en mi corazón que pocas veces he conocido.

Ya no se trataba de Armenia, ni de Rusia, no había reflexiones sobre el carácter nacional, sobre la grandeza o sobre el genio, sino del alma de un hombre, aquélla que se preocupó y atormentó en mitad de las piedras y de las viñas de Palestina, aquélla que es humanamente bella tanto en un pueblecito de provincia de Penza como bajo el cielo de la India y en una tienda de pieles más allá del círculo polar ártico, porque existen hombres buenos en todas partes.

Y esta alma, esta fe vivía en el viejo iletrado, y era simple, como su vida y como su pan, sin una palabra pomposa, sin sermones grandilocuentes, y mis ojos se llenaron de lágrimas porque esta fe me tocó, porque de repente comprendí su fuerza, no dirigida a Dios, sino a los hombres, comprendí que Alekséi Mijáilovich no podía vivir sin ella, como no podía vivir sin pan ni agua, y que, en nombre de ella, se enfrentaría, sin dudarlo, al suplicio de la muerte en la cruz, el presidio más terrible y perpetuo.

Hay un don que es superior al genio de la ciencia y de la literatura, de los poetas y de los científicos. Entre la gente dotada, de talento, a veces geniales virtuosos de las fórmulas matemáticas, del verso poético, de la frase musical, del buril y del pincel, abundan los que son, en su alma, nulos, débiles, mezquinos, libidinosos, glotones, serviles, egoístas, envidiosos, moluscos, babosas en quienes la irritante angustia de la conciencia acompaña al nacimiento de una perla. El don supremo de la humanidad es la belleza del alma, la generosidad, la nobleza y la valentía personal en nombre del bien. Es el don de ciertos guerreros tímidos y anónimos, de ciertos soldados rasos que con sus hazañas impiden que el hombre se convierta en una fiera.

12

Me invitaron a una boda, se casaba un sobrino de Martirosián. El novio era conductor, la novia trabajaba de dependienta en una tienda del pueblo. El trayecto era largo hasta la región de Talin, en la vertiente sur del monte Aragats.

Dudaba de si ir o no. Desde la tarde anterior me dolía el estómago, y yo, como un nadador que desconfía de sus propias fuerzas, tenía miedo de alejarme de la conocida orilla. Pero cuando sonó el teléfono por la mañana y Martirosián me dijo que la delegación de Ereván –él, Violetta Minasovna y Hortensia– ya había llegado al hotel y me esperaba, tomé una decisión atrevida.

Pronto, nuestro autobús acristalado corría por la carretera. Dentro organizaron el desayuno, pues los Martirosián no habían tenido tiempo de tomarlo en casa. Por miedo a molestar a la fiera durmiente, no probé bocado, sólo di un sorbo de café del termo.

A nuestra izquierda se extendía el valle de Ararat, se erguían las cumbres del pequeño y el gran Ararat. A la derecha se amontonaban las laderas nevadas del Aragats. A ambos lados de la carretera, pedregales, huesos de montañas muertas.

El camino siempre es interesante. Me parece que el movimiento confiere interés a cualquier camino. No conozco caminos aburridos. Nuestra carretera atravesaba el espacio y el tiempo: pasamos por delante de templos y capillas silenciosos y milenarios, de ruinas congeladas de lo que antaño fue un bullicioso caravasar, de pueblos donde despuntaban antenas de televisión, de barracones de un campo de trabajo correccional decorado con eslóganes animosos y optimistas. Miramos la montaña en la que Noé se salvó del diluvio y, al volver la cabeza a la derecha, vimos la montaña desde donde están los reflectores de Ambartsumián[1] que exploran la estructura de universos remotos.

El terreno rocoso en el valle recordaba al Ararat y al Aragats que todo pasa en este mundo: en otros tiempos esas piedras derribadas fueron igual de poderosas que ellas, tocadas con gorros blancos, y ahora eran esqueletos muertos.

En ningún otro lugar de Armenia, me parece, he visto una desolación rocosa como la de los valles montañosos del Aragats. Ni siquiera sé cómo transmitir esa increíble sensación. Piedra en tres dimensiones –altura, anchura y profundidad– y nada más que piedra. No, la piedra no se limitaba a las tres dimensiones, sino que también expresaba la cuarta coordenada del mundo: la coordenada del tiempo. Los desplazamientos de los pueblos, el paganismo, las ideas de Marx y Lenin y la ira del Estado soviético estaban expresados en la piedra del Ararat, en los muros de basalto de las iglesias, en las lápidas memoriales, en los armoniosos edificios de los clubes, de las escuelas de secundaria y de los palacios de cultura, en las explotaciones de canteras y minas, en los muros de piedras de los campos de trabajo correccional.

Pero pronto, a nuestro alrededor, lo único que quedaba era la piedra derribada de los valles, huesos y esqueletos de las montañas que murieron en épocas geológicas pasadas. No quedaba ni rastro del mito del cristianismo sobre la futura felicidad en el Reino de los Cielos, expresado en las iglesias de piedra, ni canteras ni minas explotadas en nombre de la futura felicidad terrenal.

1. Víktor Ambartsumián (1908-1996), científico armenio, uno de los fundadores de la astrofísica teórica. En 1946 fundó el observatorio astrofísico de Biurakan.

Y cuando finalmente se hizo evidente que ante nosotros sólo había huesos de piedras de montañas muertas hace decenas de millones de años, entramos en el pueblo donde un joven conductor iba a casarse con una bonita muchacha que trabajaba de dependienta en la tienda del pueblo.

Me advirtieron que las aldeas en el Aragats eran las más pobres de Armenia, que allí, hasta hace poco, los campesinos soportaban el yugo de unos impuestos absurdos. Los burócratas exigían a los koljoses entregas de carne, lana y uva de las decenas de millares de pedregales adyacentes. Pero no se puede extraer vino de la piedra, ni transformar el basalto en carne de cordero. No fue hasta hace poco cuando se suprimieron los impuestos sobre la piedra, que los koljoses empezaron a rendir cuentas únicamente por las manchitas de tierra fértil. Fue un alivio para la población, aunque tampoco se hizo rica.

Nuestro autobús acristalado iba despacio por la calle de piedra de un pueblo de piedra, entre casuchas arraigadas en la piedra y crecidas de ella. Las empalizadas de piedra se prolongaban de una cabaña a otra. Los largos canalones para el abrevadero se habían hecho ahuecando piedra maciza; junto a las cabañas había barriles también hechos de piedra, tinas de basalto para la colada, pesebres de basalto para las ovejas.

Las chimeneas también eran de piedra. Los escalones, los zaguanes... Todo era de piedra. Las viviendas y los utensilios domésticos estaban hechos de basalto. Parecía que allí persistiera la Edad de Piedra. Fuera el viento transportaba polvo de piedra.

Pero la música de la radio indicaba que estábamos en la era de la electrónica. A lo largo de las calles de piedra se erguían pilares de piedra, hacia las cabañas de la Edad de Piedra se extendía el cable del alumbrado eléctrico. Con las voces enternecedoras y desgarradoramente tristes de las flautas nupciales languidecía el alma: la gente vivía entre piedras.

Nos aproximamos a las casitas más pobres, que estaban sobre un barranco de piedra. Nos esperaban. Retumbaba el tambor, sonaban las flautas.

La madre del novio, una vieja alta de rostro demacrado, abrazó a Martirosián. Se besaron y rompieron a llorar. No lloraban porque el hijo se casase y abandonara a su madre, sino porque las pérdidas y los sufrimientos que los armenios habían soportado eran incalculables, porque era imposible no llorar por el terrible final de los seres queridos durante la masacre de los armenios, porque no hay alegría en el mundo capaz de hacer olvidar el sufrimiento de un pueblo y la tierra natal que se extiende más allá del monte Ararat. Aun así, el tambor retumbaba de un modo ensordecedor, triunfante, y la expresión del tamborilero narigudo irradiaba una felicidad implacable: pase lo que pase, la vida continúa, la vida de un pueblo que camina sobre piedra rocosa.

Una multitud de campesinos nos rodeó. Martirosián me presentó a su hermana y a su marido, un viejo enjuto con una guerrera verde ceñida con un cinturón de soldado con una placa de cobre y una estrella de cinco puntas. Muy pobremente vestido iba el padre del novio, un anciano de ojos tristes. Pero la placa con la estrella relumbraba al sol, debían de haberla pulido antes de la boda. Estreché decenas de manos, todos querían conocer al amigo del escritor Martirosián.

La mesa estaba puesta al aire libre. Nos condujeron allí y nos invitaron a beber y comer.

Las costumbres populares y los ritos que no conocemos exigen siempre respeto, y a mí siempre me domina el miedo, e incluso el terror, ante la idea de ofender a los demás por faltar al respeto a alguna de sus tradiciones. ¿Qué pensarían los aldeanos si rechazaba la comida que me ofrecían los padres del novio? Tomé un vaso de aguardiente de uva y lo acompañé con pimiento verde y un trozo de carne de cordero. Después, para respetar la tradición, bebí un segundo vaso de aguardiente y de nuevo lo acompañé con un tomate verde marinado tan picante que necesité dar un trago más de aguardiente para aplacar el fuego del tomate. Así se bebe en Armenia: con el fuego del pimiento apagan el fuego del aguardiente, y viceversa.

Después de los sufrimientos estomacales de la noche anterior, el aguardiente surtió en mí un efecto extraordinario, diríase maravilloso. Así, imagino, el escultor trabaja un bloque de piedra: se quita todo lo superfluo, se desecha; su cincel libera de la piedra un ser vivo que había permanecido oculto en ella.

Mi percepción del mundo ejecutó un salto divino hacia arriba; vi rostros iluminados no sólo por la luz del sol, sino también por su propio resplandor interior. Los caracteres de la gente se hicieron claros para mí. Mi amor y confianza por las personas experimentó un crecimiento colosal. Era como si hubiera pasado del patio de butacas al escenario. Ya nada me parecía banal o meramente rutinario. Era como si por primera vez participara en un drama maravilloso y solemne en un solo acto armonioso: la «vida». Estaba lleno de emoción, de sorpresa: qué cielo tan azul sobre mi cabeza, qué aire tan fresco y puro. Cómo brillaba la nieve en la cumbre de las montañas. Qué felicidad y qué tristeza en esa música nupcial. La gente congregada junto a la casa de los padres del novio penetró con soltura, fácilmente, en lo más recóndito de mi alma: sentía la dureza de su trabajo, la pobreza de su ropa y de su calzado, sus arrugas, sus canas, la curiosidad burlona y juvenil de las chicas bellas y no tan bellas, las almas poderosas y la prodigiosa sencillez de los trabajadores. Sentí y comprendí su honestidad, la dureza de sus vidas, su amabilidad y su buena disposición hacia mí. Estaba en mi casa, entre los míos. Entramos en una habitación de piedra: ¡qué pobreza tan severa! ¡Qué bueno ser honesto y pobre! Las paredes, el techo y el suelo estaban hechos de piedras grandes. A los utensilios antiguos, milenarios, apenas los había rozado el hálito de la Edad de Hierro: la vajilla, los recipientes para el grano, el aceite, el vino y la chimenea eran la viva estampa de la Edad de Piedra.

Salimos de nuevo al patio. Justo enfrente de mí relumbraba al sol la cumbre nevada del Gran Ararat. No sólo mis sentimientos, sino también mis pensamientos, se volvieron más penetrantes. Alrededor de la montaña más importante de la humanidad, la montaña de la fe, surgía un sinfín de asociaciones. La Biblia y el día actual convergían con sorprendente sencillez, y vi el Ararat con los ojos de quienes vivieron en las laderas de las montañas de Armenia antes del nacimiento de Cristo. Vi las aguas negras y rápidas del Diluvio Universal, vi a ovejas y burros ahogarse, vi un barco chato que flotaba pesadamente sobre las aguas. Vi los animales que salvó Noé y los sangrientos mataderos en los que los descendientes de Noé mataron a los descendientes de esos animales. Pero no sólo pensé en la montaña bíblica. Me deleité despreocupadamente con su belleza, brillaba en toda su inmensidad, no la ocultaban los edificios de Ereván, el humo que despedían las chimeneas de sus fábricas o las nubes y la niebla del valle de Ararat. Desde su suela rocosa hasta su cabeza blanca se erguía, iluminada por el sol de la mañana. Participaba en la vida actual y en la vida de milenios pasados. Unía la boda de ese día con las flautas que sonaron aquí mismo hace tres mil años. Todo pasa, nada pasa... ¡Qué poder tiene el vino!

Nos apremiaban: aún teníamos que ir a buscar a la novia, hasta su aldea había dieciocho kilómetros. El cortejo nupcial estaba compuesto por dos camiones y nuestro autobús acristalado. Los jóvenes, que iban en la caja de los camiones, bailaban, cantaban y agitaban en el aire pollos asados, hogazas de trigo y brochetas de cordero. En las manos de algunos danzarines destellaban dagas y puñales alemanes capturados como botín de guerra; sus puntas estaban hundidas en manzanas, en sus hojas relumbrantes estaban grabadas las palabras «*Alles für Deutschland*».

Las flautas sonaban con estridencia y los tambores retumbaban, pero no había nadie que admirara la riqueza del cortejo nupcial, pues en todas partes yacía la piedra plana, ciega y sorda. Este desierto de piedra lúgubre era un reto, confería un poder particular a nuestro júbilo. La estirpe humana continuaría, nuestras flautas y tambores nupciales se burlaban de la piedra.

Pero a mitad de camino, entre la aldea del novio y la de la novia, al igual que en mi primer día en Ereván, fui arrojado al suelo desde las alturas de la contemplación y del pensamiento.

Esta vez, sin embargo, todo fue mucho peor. Ahora no estaba solo, era un invitado a una boda. Sentía sobre mí las miradas amistosas de la gente en el autobús acristalado, cada uno de mis movimientos suscitaba interés. En la aldea donde vivía la novia nos aguardaban impacientes: se nos había hecho muy tarde. Las mesas estarían puestas desde hace mucho tiempo, sabía que en cuanto el autobús se acercara a la casa de la novia nos rodearía una multitud de amigos y parientes y, solemnemente, al son de la música nupcial, entraríamos en la casa.

Sentía que no llegaría venturosamente a la aldea donde vivía la novia. Una fuerza terrible se desencadenaba en mis entrañas, se libraba del control de mi deplorable voluntad. Un tigre con garras de hierro pugnaba por salir de su jaula y era imposible sujetar los terribles músculos de esa bestia enfurecida. Sí, sí, los tomates y pepinos salados habían hecho su trabajo. Me sentía impotente, tan impotente como si hubiese intentado dominar mis pulmones, el latido de mi corazón o parar la erupción de un volcán. Dios mío, Dios mío, me atenazó un horror salvaje y animal, una terrible desesperación. Un sudor frío como la muerte me cubrió de pies a cabeza. Mis pensamientos iban a una velocidad endiablada. ¿Parar el autobús? Supongamos que, a pesar de la increíble inconveniencia, pidiera que lo detuvieran. Pero ¿después? Después ¿qué? A nuestro alrededor había un desierto de piedra, liso como el tajo del verdugo. El autobús era todo acristalado, y los camiones con los jóvenes cantando venían detrás.

Más de una vez en mi vida he sentido horror, incluso terror, confusión. Estuve en la guerra. Crucé varias veces el Volga bajo fuego enemigo, caí bajo un bombardeo aéreo, bajo el fuego pesado de morteros y piezas de artillería. Y no sólo en la guerra pasé miedo.

Puede parecer extraño, incluso una locura, pero nunca experimenté un pavor semejante como en aquel autobús nupcial. Dios, Dios mío, ¡y todo esto bajo el son de la música! ¡Y en compañía de decenas de personas atentas, amables y respetables, que se enorgullecían de que a esa boda asistiera el amigo moscovita del escritor Martirosián! Si hubiera tenido un revólver… Pero no, seguramente no me habría disparado un tiro en la cabeza. Habría soportado una vergüenza abrasadora y sin precedentes, me habría convertido en una leyenda indecente, en el héroe de un folclore grosero, pero no me habría pegado un tiro. Años más tarde, convertido ya en un viejo decrépito de cabello blanco, al recordar los detalles horribles, lamentables, humillantes de ese día, gritaría de la vergüenza. Por la noche volvería a empaparme en sudor frío, luego gemiría, me agarraría la cabeza entre las manos. Y, no obstante, no me habría quitado la vida. Dios, Dios mío, y todo esto al son de la música, al son de un tambor nupcial, al son de las flautas antiguas, al pie del bíblico Ararat. ¿Podría haber imaginado alguna vez que estaba llamado a soportar semejante tortura en una boda?

Las personas que viajaban en el autobús debieron de ver mi cara tensa, debieron de reparar en mi tez mortalmente lívida y probablemente en el sudor mortal que me cubría la frente y las mejillas. Alguien chapurreó en ruso: ¿Se encuentra bien? ¿Prefiere sentarse adelante? ¿Hace demasiado calor? A modo de repuesta, balbuceé algo incoherente, no recuerdo qué.

Y de pronto, dirigiéndose a los pasajeros, Volodia, el conductor, dijo algo en armenio. Alguien me tradujo sus palabras: teníamos que salir un momento de la carretera, pasar por la oficina del garaje para poner más aceite en el motor. No recuerdo cómo llegamos a la entrada del garaje. Salí del autobús y lo primero que vi fue una casita, una garita de hojalata, un cubículo, un retrete, un váter, un inodoro, una letrina, la niña de mis ojos, mi rayo de sol. Tuve las fuerzas para llegar hasta la garita despacio, con paso majestuoso.

Aun así, todo fue bastante indecente. Nadie, salvo yo, salió del autobús. Volodia, a quien los amigos le llevaron una lata de aceite a toda prisa, por solidaridad con el hermano conductor, que se casaba, tocó la bocina dos veces por mi travesura. ¿Qué demonios me había pasado? ¿No habría sufrido un desvanecimiento o incluso me habría muerto dentro de aquella caja de hojalata? Martirosián bajó del autobús y fue a mi encuentro. En el momento en el que se aproximaba al palacio de hojalata privado salí. Los dos confusos, sin intercambiar una palabra, silenciosos y pensativos, volvimos al autobús.

Mis respetables compañeros de viaje –un viejo y querido corpulento miembro del Partido ahora jubilado, el presidente del koljós, dos dirigentes locales y sus ancianas mujeres inteligentes– me recibieron con un silencio compasivo. Por supuesto, cuando me vieron encerrarme en el palacio, debieron de intercambiar miradas, bromear y reírse. Pero daba lo mismo, pues mi indecencia había permanecido en los límites de la decencia.

Esta vez, sin embargo, no tuve aquella sensación feliz que tuve en una situación idéntica a mi llegada a Ereván. Después de tanto sufrimiento me había quedado extenuado. Estaba empapado en sudor, como un hombre al que acabaran de sacar del quirófano. Incapaz de pensar y de sentir, apenas tenía la vaga conciencia de haberme salvado.

Y de nuevo el autobús acristalado corrió por la carretera. Estaba claro que había tenido suerte, que se había producido una coincidencia increíblemente feliz. Escuchando las conversaciones en voz baja y mirando tímidamente a mis compañeros de viaje, comprendí que, a pesar de todo, había evitado la vergüenza.

Recordé a un literato moscovita a quien yo no le gustaba; solía decir que consideraba a los fracasados como la especie más miserable de hombres, y que yo, en su opinión, era el típico representante de eterno fracasado literario. ¿Tenía razón? Al fin y al cabo, una coincidencia de circunstancias verdaderamente feliz me había salvado de una vergonzante catástrofe. Todo eso es verdad, sin duda. Pero, si a cada uno de nosotros se nos asigna una determinada parte de buena suerte y de felicidad, ¿acaso no se podía decir que yo había desperdiciado aquella parte de la manera más lamentable? El éxito de hoy, después de todo, no me daría gloria mundial, tampoco riquezas ni brillo.

Llegamos a la aldea de la novia. Los niños, como sacados de lienzos de Murillo –ojos negros, rizos morenos– corrían detrás de nuestros vehículos. Los espectadores esperaban al lado de la cerca. Los jóvenes, encima de los camiones, ahora bramaban con ánimo redoblado. Era la alegría ritual de las bodas, así como existen las lágrimas rituales de un funeral. Por instantes, las caras de los jóvenes alegres se volvieron sombrías e inquietas. Se divertían como trabajaban: excesivamente.

A lo lejos se veía a una multitud que llenaba la calle: nos acercamos a la casa de la novia. Suena la música, sólo faltan los camarógrafos y los reporteros fotográficos, pues nuestra salida del autobús recuerda a la llegada al aeropuerto de Vnúkovo, a bordo de un potente avión, de la delegación de un gobierno de un país amigo. Los viejos nos saludaron amablemente, nos apretaban la mano con dos manos. Sonaban los tambores.

Y ahora entramos en la casa de la novia. Una casa muy humilde. Muros, ventanas, todos los objetos llevan estampada la firma de la pobreza. Es una pobreza especial: aldeana, armenia, montañosa, pura. Y con el telón de fondo de tanta pobreza, las mesas que serpentean a lo largo de las paredes y que atraviesan a lo largo la gran habitación le confieren un aire insólitamente festivo. Sobre las mesas hay decenas de botellas y garrafas llenas de un vino blanco turbio y de aguardiente amarillento de uva. Y también hay verduras, pescado, cordero asado, pan de miel y nueces.

Y justo aquí, en la casa de la novia, no cumplo con lo que manda la tradición: no como ni bebo. Mis comensales, respetabilísimas personas, me miran con una triste sorpresa y un leve reproche: todos beben a la salud de la madre de la novia, a la salud del padre de la novia, de la joven pareja de novios, pero yo no. No bebo porque acabo de pasar un miedo mayor al de transgredir las tradiciones y los ritos, no quiero acercarme otra vez al filo del abismo.

La novia y el novio están sentados juntos, se levantan con cada brindis. El novio lleva puesto un abrigo nuevo de cuadros y una gorra también de cuadros. Tiene la cara roja, quemada por el viento, de rasgos un poco rudos y nariz grande; no es guapo. Lleva en la manga un brazal rojo, como los voluntarios que ayudan a la policía.

La novia es muy bonita, las largas pestañas le cubren los ojos que miran abajo, al suelo. Cuando alguien se dirige a ella, no responde, no levanta la vista. Sobre la cabeza lleva una corona con un velo blanco. Como el novio, también va vestida con un abrigo. Es un abrigo nuevo, azul claro, y tiene en las manos un bolsito del mismo color.

Después de cada brindis, los invitados, con aire despreocupado, lanzan billetes de un rublo en un plato que está junto a los músicos. Algunos lanzan billetes verdes, azules;[1] un par de veces incluso cayeron billetes rojos de diez rublos en el plato. Y todo esto pasa cuando hay una nueva escala de precios.[2] Esta competición de generosidad en las peticiones de

1. Respectivamente, billetes de tres y cinco rublos.
2. En 1961 se introdujo una reforma monetaria en la Unión Soviética conocida como la «reforma Jruschov». Con ella, la moneda de 1947 se reemplazó por una nueva según una proporción de 10:1. De igual

música reporta a los intérpretes ganancias de miles de rublos. Incluso en los periódicos de Ereván se ha hablado de que, en las bodas de las aldeas, esta suerte de subastas musicales desbarata el presupuesto de las familias. Los músicos evitan mirar los billetes que caen en el plato. Pero no mirar es casi imposible y, de vez en cuando, los flautistas y el tamborilero lanzan una mirada al preciado plato.

Las mesas de las bodas revelan claramente las relaciones humanas, las jerarquías, las profesiones, los vínculos de parentesco y de linaje.

En torno a la mesa hay nonagenarios que beben y se ríen como jóvenes; son originarios de la aldea de Sasún, famosa por sus bailarines y cantantes, descendientes de David de Sasún. En torno a la mesa hay campesinos con chaquetas pobres, con guerreras y túnicas de soldado, y sus mujeres llevan vestidos oscuros, de viejas. En torno a la mesa se sientan dos dirigentes locales, de caras coloradas y seguros de sí mismos, con trajes de corte y confección moscovitas, sus mujeres tienen los pechos grandes y llevan idénticos vestidos color azul claro. En torno a la mesa se sientan dandis de Ereván con pantalones pitillo y chicas de la capital, esbeltas, modernas, con medias de nailon: son estudiantes universitarias, doctorandas, colaboradoras de institutos de investigación científica. A la mesa hay un representante del Comité Central del Partido con la chaqueta azul y la corbata roja. A la mesa se sienta el famoso escritor armenio Martirosián con su esposa. Hay mecánicos, conductores, tractoristas, albañiles y carpinteros del *sovjós*, la mayoría de ellos son jóvenes, de constitución robusta.

Todas estas personas están sólidamente unidas por lazos de parentesco y de comunidad. Estos lazos son eternos. Su solidez se ha puesto a prueba durante milenios. Y por

manera, se modificaron los precios de los artículos de consumo y los sueldos. En la práctica supuso una merma drástica del poder adquisitivo de los soviéticos.

mucho que el todopoderoso Stalin descargara su ira contra la familia y la comunidad, éstas no cedieron ante la ira de Stalin.

El banquete en casa de la novia procedió nerviosamente, el «compadre» del novio –así lo llaman– se levantaba cada dos por tres y exigía irritado, incluso rudamente, que dejaran irse a la novia a la aldea del novio, donde debería estar hace tiempo. Los parientes de la novia le respondían de malas maneras. Esta discusión sólo era en parte verdadera, pues también formaba parte del ritual. Pero la boda, de hecho, llevaba retraso en relación con el horario previsto, y el compadre estaba realmente irritado, no fingía.

El compadre es el comandante en jefe de la boda. Igual que el novio, llevaba un amplio brazal rojo. Tenía a su cargo tantos asuntos y responsabilidades difíciles y complicados que la expresión de su cara no era propia de una boda, sino tensa y oscura, como el director de una fábrica que no ha cumplido con la producción del plan. No estaba para bromas. Sólo de vez en cuando bajaba la guardia, y entonces, una sonrisa fugaz, forzada, un vasito apurado a toda prisa y, de nuevo, se zambullía en sus responsabilidades.

«¡Ya es hora, ya es hora!», grita y señala el reloj. Oí decir que compró de su propio bolsillo setenta kilos de chocolate para la mesa nupcial. Su cara llena, de tez oscura, no deja lugar a dudas. Está decidido a llevar su misión hasta el final.

Las bodas son tan complicadas, están tan llenas de gente y de voces, que casi se acaba por olvidar a la joven pareja con abrigo que ha decidido casarse. Y se hizo sobre todo evidente cuando, en el pueblo del novio, doscientas personas se sentaron a la mesa en el club rural.

Sin embargo, cuando la insistencia del compadre, así como de sus asistentes, cómplices y defensores, fue finalmente satisfecha y la novia empezó a despedirse de la casa del padre, la tristeza conmovedora de esos minutos se apoderó de todos los participantes del festín. La novia lloraba, y no eran lágrimas rituales, sino sinceras.

Y de veras todo lo que está ocurriendo es conmovedor, importante. La chica abandona la humilde casa de sus padres para ir a la humilde casa de su esposo. Vi su nuevo hogar: una estrecha habitación de piedra con el techo bajo y una ventanita, en la ladera de la montaña. Era su destino, su suerte, toda su vida. Piedra y más piedra, sin una gota de lluvia, tanto en los días de fiesta como en los de trabajo.

Y luego el ritual oculta de nuevo el alma humana, su inquietud y su tristeza. La esposa no puede salir de casa. Los representantes, los agentes del compadre, tienen que pagar a los niños que rodean a la novia con el abrigo azul, el bolsito azul y los zapatos de raso blanco. Una vez que les ponen en el puño billetes de tres y cinco rublos –¡veo incluso de diez!–, los pequeños malandrines se cansan y la dejan irse. ¡Cómo contrastan la figura en azul de la novia, su bolsito azul, sus zapatitos que van hacia nuestro autobús acristalado con la vida difícil y mísera que la espera!

Como regalo de despedida, su madre le dio una gallinita blanca, un plato blanco y una manzana roja…

Entretanto, al son de los tambores y de los sonidos agudos de las flautas, empezaron a cargar la dote en un camión. El camión no se aparcó, a propósito, en frente de la casa, para que la gente pudiera admirar mejor los objetos.

Abrían el cortejo los viejos nonagenarios borrachos que cantaban y bailaban llevando sobre la cabeza las maletas de la novia. Detrás de ellos iban unos hombres robustos que sostenían en alto un armario de espejo, una mesa y una máquina de coser. Las mujeres y los niños llevaban las sillas. La orquesta tocaba: el padrino y los amigos transportaban una cama de níquel con un colchón de muelles. Al parecer, las bromas de los koljosianos eran picantes, porque los espectadores masculinos movían la cabeza y se reían, mientras que las mujeres, las jóvenes y menos jóvenes, bajaban la mirada.

Cuando la novia, rodeada de una multitud de mujeres enviadas por el novio, iba hacia el autobús, un chico de unos quince años se acercó corriendo a una de esas mujeres, la abrazó y la besó. Varios hombres furiosos se abalanzaron sobre él; al cabo de un instante, la cara del chico estaba cubierta de sangre. Supuse que el chico iba borracho perdido y el castigo me pareció demasiado cruel. Me explicaron, sin embargo, que formaba parte del ritual nupcial: el chico era el hermano de la novia y esos besos a una mujer venida del pueblo del novio eran para vengar a la hermana. Era un ritual, una tradición, pero me pareció una costumbre brutal y ruda.

Luego, de pronto, vi que la novia levantó los ojos hinchados de tanto llorar para mirar a su hermano, y el chico, con la cara ensangrentada y los ojos bañados en lágrimas, miró a su hermana. Con los ojos llorosos se sonrieron: era una sonrisa de amor. Y al instante mi corazón se llenó de alegría, de calor, de tristeza.

Subimos de nuevo al autobús. Los novios se sentaron juntos. Parecían dos extraños, las caras petrificadas, no intercambiaron ni una palabra durante todo el trayecto, ni siquiera se miraron.

Sobre los huesos de piedra de las montañas se ponía el sol. Del enorme astro turbio, que ardía con un fuego pálido, respiraba una suerte de abismo geológico de los tiempos. Sobre las piedras rojas ascendía una luz roja humosa. En ese instante Ararat y su mito bíblico parecían actuales.

Volvimos a la aldea del novio cuando ya era noche cerrada. Las estrellas brillaban sobre nuestras cabezas, las estrellas meridionales armenias, las mismas estrellas que brillaban sobre el Ararat cuando aún no se había escrito la Biblia, las mismas que brillaban sobre las altas montañas nevadas, ahora reducidas a un impotente esqueleto de piedras, las mismas que seguirían brillando cuando el Ararat y el Aragats yacieran como huesos muertos, reducidos a ceniza.

Se me quedó grabada esa noche. Atravesamos el pueblo despacio, en la oscuridad; en mitad de la calle se destacaba, blanca, una mesa puesta. Cuando nos acercamos a ella, los faros del automóvil apuntaron, cegadores, al techo de una casucha: allí vivía el tío del novio y su invitación no podía ser rechazada. Sus hijos, todos conductores, habían instalado los proyectores en el techo. Y en aquella luz blanca brindamos ruidosamente, nos reímos y les deseamos felicidad a los recién casados. Luego, de nuevo engullidos en la oscuridad azul, recorrimos la calle del pueblo hacia una mesa cubierta con un mantel blanco: el compadre había preparado un banquete para el cortejo nupcial.

Y he ahí que finalmente entramos en el club de la aldea. Era un humilde club en una humilde aldea de montaña, nada que ver con los deslumbrantes palacios de cultura de toba rosa erigidos en los distritos del valle de Ararat, del Seván y en Razdan. Era un barracón de piedra con un techo de travesaños oscuros. A lo largo de las paredes había mesas, tras las cuales se sentaban los invitados: había unas doscientas personas. Allí no había la mezcla abigarrada entre ciudad y campo que había visto en la casa de la novia. Allí sólo había gente del pueblo, campesinos.

Me susurraron los nombres de los presentes, carpinteros, pastores, canteros, madres que habían dado a luz a diez o doce hijos, exactamente como en las recepciones en las embajadas explican a media voz quién es el tipo de la boina roja que habla con el embajador español.[1]

A los novios los acomodaron en unas sillas, mientras que los invitados se sentaban sobre unos tablones colocados encima de unas cajas vacías. Pero los novios no se quedaban sentados por mucho rato, pues se levantaban con cada brindis, y duraban muchísimo: más que brindis parecían discursos. Los novios estaban de pie, el uno al lado de la otra, él con su abrigo de cuadros, el gorro a juego y una banda roja en el brazo; ella, con el abrigo azul y el bolsito del mismo color en la mano. Él miraba sombrío ante sí; ella tenía los ojos bajos, bañados en lágrimas y cubiertos por sus largas pestañas.

1. Cita de un pasaje del capítulo VIII de *Eugenio Oneguin* de Aleksandr Pushkin.

Comimos y bebimos mucho, en el aire flotaba un vapor caliente y el humo del tabaco, la algarabía de voces se hizo cada vez más intensa. Era una alegría popular, campesina.

Pero cada vez que uno se levantaba, tuviera la barba gris o el bigote oscuro, para pronunciar un discurso, en el espacioso cobertizo de piedra se hacía el silencio. Aquella gente sabía escuchar asombrosamente bien. Martirosián me explicó en un susurro: «Ahora habla el jefe de una granja avícola... Tiene noventa y dos años... Éste es un exdirigente del sector agrícola, un viejo comunista que ha vuelto a vivir en el pueblo...».

En los discursos apenas se aludía a los recién casados ni a su felicidad futura. Se hablaba del bien y del mal, del trabajo duro y honesto, del amargo destino del pueblo armenio, de su pasado y de las esperanzas depositadas en el futuro, de las fértiles tierras de la Armenia turca inundadas de sangre inocente, del pueblo armenio diseminado por el mundo, de la convicción de que el trabajo y la bondad son más fuertes que cualquier mentira.

Y la gente escuchaba estos discursos en un silencio religioso: no se oía ni un tintineo de cubiertos, a nadie bebiendo ni comiendo, todos escuchaban conteniendo la respiración.

El viejo comunista que había dirigido la agricultura local dijo que, ahora, en su jubilación, estaba leyendo la Biblia y entendía su sabiduría. Sí, era insólito escuchar semejante discurso de boca de un viejo miembro del Partido, pero hay que tener en cuenta que el viejo vivía muy cerca del Ararat. Por cierto, lo dijo él mismo.

Luego tomó la palabra un hombre cano y delgado que vestía una vieja guerrera de soldado. Pocas veces he tenido ocasión de ver un rostro más severo que aquella cara oscura, de piedra. Martirosián me susurró: «Es el carpintero del *koljós*, y se dirige a ti».

Reinaba un silencio prodigioso en el cobertizo. Muchos pares de ojos me observaban. No entendía las palabras del orador, pero la expresión de muchos de aquellos ojos que me miraban atentos, cordiales, por alguna razón me llegó al corazón. Martirosián me tradujo las palabras del carpintero. Habló de los judíos. Dijo que cuando fue hecho prisionero por los alemanes presenció cómo los guardias nazis se los llevaban aparte. Contó cómo mataron a todos sus camaradas judíos. Habló de la compasión y del amor que sentía por las mujeres y por los niños judíos que murieron en las cámaras de gas en Auschwitz. Dijo que había leído mis reportajes de guerra, ésos en los que describía a los armenios, y que pensó que los había escrito un hombre cuyo pueblo había soportado muchos sufrimientos. Y dijo que le gustaría que un hijo del pueblo mártir de Armenia escribiera de los judíos. Y que por ello alzaba su copa.

Se levantaron todos, hombres y mujeres, y un largo y clamoroso aplauso confirmó que los campesinos armenios estaban llenos de compasión por el pueblo judío.

Otros tomaron la palabra y se dirigieron a mí, tanto viejos como jóvenes. Todos hablaron de los judíos y de los armenios, de la sangre y de los sufrimientos que los habían acercado.

Y tanto de ancianos como de jóvenes sólo escuché palabras de respeto y de admiración por los judíos, por su amor al trabajo, su inteligencia. Y los viejos afirmaban con convicción que el pueblo judío era un gran pueblo…

Más de una vez he tenido oportunidad de oír a rusos sencillos y a rusos cultos expresar palabras de compasión hacia los tormentos que sufrieron los judíos durante la ocupación nazi.

Pero a veces también me he encontrado con el odio de las Centurias Negras,[1] lo he sentido en el corazón y en mi piel. Y me ha tocado oír palabras oscuras dirigidas al pueblo judío destrozado por Hitler de boca de borrachos en los auto-

1. Una de las organizaciones ultranacionalistas y xenófobas que organizaron pogromos contra los judíos a principios del siglo xx y negaron la existencia de la nación ucraniana.

buses, en las colas, en las cantinas. Y siempre me ha dolido constatar que nuestros oradores, propagandistas y hombres activos en el frente ideológico no se posicionaran con sus libros y con sus discursos contra el antisemitismo como lo hicieron Korolenko, Gorki y Lenin.

Nunca en mi vida me he inclinado ante nada ni ante nadie. Pero ahora me inclino ante los campesinos armenios que, durante la celebración de una boda, en una pequeña aldea de montaña, hablaron de los suplicios del pueblo judío en la época de Hitler y del nazismo, de los campos de exterminio donde los nazis asesinaron a mujeres y niños; me inclino ante todos los que escucharon esas palabras en silencio, con solemnidad y tristeza. Sus ojos y sus rostros me dijeron mucho. Me inclino ante sus tristes palabras sobre quienes murieron en fosas de barro, en las cámaras de gas o en los barrancos, ante aquéllos entre los vivos a quienes les lanzaron a la cara palabras de odio y de desprecio: «Qué pena que Hitler no acabara con todos vosotros».

Recordaré toda mi vida las palabras de aquellos campesinos que oí en el club de un pueblo de montaña.

Después la boda siguió su curso.

A los invitados les repartieron velitas de cera, y la gente se tomó de las manos y empezó una especie de danza nupcial en círculo lenta y solemne. Doscientas personas –viejos y viejas, chicos y chicas– sostenían velas encendidas, avanzaban despacio, con paso solemne, a lo largo de las rugosas paredes de piedra del cobertizo, y cientos de llamas oscilaban a su ritmo. Miraba los dedos entrelazados, una cadena que nunca se oxidaría, una cadena indestructible de manos oscuras, de manos trabajadoras, y miraba las llamitas de luz. Era un placer inmenso observar aquellos rostros; parecía que la luz dulce, suave, no viniera de las velas, sino de los ojos de las personas. ¡Y cuánta bondad, cuánta pureza, cuánta alegría y cuánto dolor, en aquellos ojos! Los viejos acompañaban una vida que se les escapaba. Los ojos astutos de las viejas te miraban alegres y apasionados. Las caras de las jóvenes estaban llenas de un tímido encanto. Los chicos y las chicas observaban serios.

Y la cadena, la vida de la gente, era indestructible; en ella se unían la juventud y la madurez, y la tristeza de quienes estaban a punto de irse. Esa cadena parecía indestructible y eterna, no podían romperla el dolor, la muerte, la invasión ni la esclavitud.

Los novios bailaban. Él, con esa nariz grande y la mirada triste, como si condujera el coche, no la miraba a ella. Ella levantó las pestañas un par de veces y, a la luz de las velas, finalmente vi sus ojos. Vi que tenía miedo de que la cera le gotease sobre el abrigo azul. Y entendí que todas las sabias palabras, que parecían no tener nada que ver con la boda, de hecho, tenían relación con la boda, se dirigían a los novios.

Que las montañas inmortales se reduzcan a esqueletos, el hombre perdurará por la eternidad. Aceptad estas líneas de un traductor de armenio que no sabe armenio.

Es probable que muchas cosas las haya dicho mal, no como es debido. Pero, las haya dicho mal o bien, están dichas con amor.

¡*Barev dzes*, que el bien os acompañe, armenios y no armenios!

1962-1963

El traductor de armenio que no sabía armenio

Miraba con avidez la montaña bíblica, veía el arca,
amarrada a su cima con la esperanza de renovación y vida,
y el cuervo y la paloma volando,
símbolos de castigo y perdón

Viaje a Arzrum,
ALEKSANDR PUSHKIN

A finales de 1961, Vasili Grossman se subió a un tren en Moscú rumbo al sur, a la capital de Armenia, la república más pequeña de la Unión Soviética. Cargaba con una maleta y una bolsa que contenía un grueso manuscrito. Este documento era la traducción literal de la epopeya de un autor armenio que debía reescribir durante su estancia en el Cáucaso, que se prolongaría dos meses. No partió, pues, en calidad de periodista ni de escritor, sino de traductor, con la misión de ceder su voz a otro.

El viaje no estaba teñido de entusiasmo. Un año antes, Grossman había propuesto, en vano, *Vida y destino* para su publicación. La década de los sesenta se había iniciado auspiciada por una tímida brisa de cambio que parecía anunciar el aflojamiento de la censura, así como la oportunidad de publicar títulos que antes de la muerte de Stalin, en 1953, habrían supuesto la detención inmediata de sus autores. Para entonces Grossman había hecho suyas unas palabras de Chéjov, su escritor de cabecera: «Para todos nosotros ha llegado la hora de librarnos del esclavo que llevamos dentro».

El amor a la verdad que guio su evolución como escritor, y que hizo de él un gran continuador de la tradición literaria rusa, no era un principio susceptible de enraizar en una sociedad aún envenenada con el miedo, la paranoia y la falsedad. La tesis central de su novela, que constataba que nazismo y estalinismo eran dos caras de una misma moneda llamada totalitarismo, ponía frente al régimen soviético un espejo que le devolvía una imagen insoportable, pues ensombrecía el relato de la victoria bélica de los soviéticos en la guerra contra la Alemania nazi durante la Segunda Guerra Mundial. Ese mismo relato triunfante sirvió de sordina para silenciar los horrores de las purgas estalinistas de finales de la década de 1930 y de combustible para alimentar el nacionalismo ruso.

En las represalias contra *Vida y destino* hay que buscar el origen del viaje de Grossman a Armenia, pues fue después de que confiscaran la copia del manuscrito en posesión del autor, junto con los borradores, el papel carbón y las cintas de su máquina de escribir, cuando las autoridades optaron por apartarlo sin hacer ruido, aunque oficialmente conservó su estatus intacto. Habían aprendido bien la lección a raíz del revuelo que levantó *El doctor Zhivago* en Occidente, así que esta vez los agentes del KGB quisieron actuar con astucia y diligencia y, en lugar de lanzar una campaña de desprestigio contra el escritor, como la que sufrió Borís Pasternak cuando le concedieron el Nobel, optaron por sepultar la obra en la que Grossman trabajó a lo largo de una década.

El mismo año de su partida a Armenia escribió una carta dirigida a su madre muerta, víctima del nazismo: «Cuando yo muera, tú seguirás viviendo en el libro que te he dedicado y cuyo destino está unido al tuyo... Estos últimos diez años, mientras trabajaba [en *Vida y destino*], he pensado en ti sin interrupción; mi novela está dedicada a mi amor y devoción por la gente, y ese es el motivo por el cual está dedicada a ti». No es de extrañar que Grossman quedara anímicamente devastado cuando arrojaron su novela al olvido. Amigos cercanos contaron que a partir de entonces su deterioro físico fue rápido y visible, y el propio Grossman llegó a describir su estado en estos términos: «Me estrangularon en un callejón».

A modo de compensación, conforme a la teoría del palo y la zanahoria, le propusieron traducir una novela armenia de dos partes titulada *Los niños de la casa grande*, de Hrachya Kochar, y una estancia en el Cáucaso durante la cual trabajaría codo con codo con el autor y la traductora que había vertido ese título al ruso palabra por palabra. Era una metodología común en la traducción de libros escritos en otras lenguas de la Unión Soviética con el fin de aumentar el público lector de autores periféricos y su difusión, sobre todo si el encargado de llevar a cabo la adaptación era un escritor de renombre, como era en este caso.

Antes que él, otros escritores se aferraron a la traducción como tabla de salvación. Borís Pasternak, Yuri Dombrovski o Marina Tsvietáieva son algunos ejemplos. Otros, como Ósip Mandelstam, se negaron a relegar a un segundo plano sus escritos, al considerar que la energía creativa que requiere traducir acabaría por ahogar su voz. En un principio a Grossman le gustó la disciplina diaria de este oficio, que se impuso como un modo de ahuyentar sus demonios, pero al final acabó por llegar a la misma conclusión que Mandelstam. Desde Armenia escribió en una carta a su mujer: «Sabes, todo este trabajo de traducción me parece muy duro. Exige una enorme fortaleza y es muy difícil desde el punto de vista emocional. Me gusta ser yo mismo, por difícil y complicado que esto resulte». Esos demonios que lo asediaban no eran sólo los funcionarios del KGB. Su matrimonio con Olga Mijáilovna Gúber se desmoronaba y había retomado su relación con Yekaterina Zabolótskaia, viuda del poeta Nikolái Zabolotski, que inspiró el personaje de María Ivánovna en *Vida y destino*. Desde 1961 Grossman vivió en un pequeño apartamento de un edificio de la Unión de Escritores, cerca de la estación Aeropuerto. Por su correspondencia se desprende que su economía no marchaba bien. Los ingresos por la traducción supondrían un alivio y, por qué no, de paso cambiaría la atmósfera emponzoñada de Moscú por «el aire transparente de la montaña» de esa tierra mítica situada en el istmo que separa el mar Negro del Caspio y que comunica Rusia con Oriente Próximo, por donde antes habían pasado Pushkin, Lérmontov, Tolstói o Mandelstam.

El trayecto en tren hasta Ereván duró dos días. Nadie le esperaba en el andén. Y con esa sensación de desamparo propia de un forastero arrancan sus impresiones sobre Armenia. Desde el principio le asombra la combinación de tierra pedregosa, templos antiguos y vida contemporánea. En *Que el bien os acompañe* nos encontramos con el Grossman más personal que hayamos leído. En este ensayo-meditación, lejos de ser una mera recopilación de impresiones sobre la cultura y el paisaje caucásicos, la mirada humanista de Grossman recoge todas las lecturas posibles sobre la superficie rocosa de Armenia y la áspera vida de sus moradores. Descifra con igual maestría tanto la singularidad y belleza de la primera como la organización íntima de la segunda. Penetra en la estructura de la materia y sabe contarla. Como Primo Levi, Grossman tenía formación en ciencias químicas. Aunque de joven ya estaba interesado en la literatura, primero trabajó como ingeniero de minas en Donetsk, por lo que sus primeras obras están ambientadas en esa región y en la extracción de minerales. Curiosamente, su amigo Yampolski utiliza un símil mineral para describir su estilo: «Sus palabras son siempre consistentes, verdaderas, como sal gruesa acabada de extraer de las salinas, recién arrancada de las entrañas de la tierra». En sus páginas encontramos un ejemplo de la esencia del arte que buscaba, ese arte verdadero que aúna en sí lo diáfano de un cristal y la potencia de un espejo perfecto y universal, como escribió en *Por una causa justa*.

La corteza pétrea de los altiplanos y de las cordilleras armenias, así como la esencia de su arquitectura, invita a Grossman a hablar del juez supremo de la Historia, el tiempo, el verdadero protagonista de *Que el bien os acompañe*. La edad del mineral parece poner en su sitio el orgullo humano, los imperios y a sus mandatarios, como hará también con el gigantesco monumento dedicado a Stalin erigido en Ereván, «tan majestuoso y enorme que tiene algo de místico e inhumano», según le dijo en una carta a su amigo Semión Lipkin. Grossman no alcanzó a ver que, pocos años después, esa misma estatua laudatoria se sustituiría por una de la Madre Armenia, espada en mano, con la mirada clavada en el Ararat, ni tampoco que, al cabo de tres décadas, la Unión Soviética sólo existiría en los libros de Historia.

Su estancia es, además, el encuentro con una nación a la que Ósip Mandelstam se refiere como «la hermana pequeña de la tierra judaica». Es el lugar en el que se detuvo el arca de Noé después del diluvio. Pero no sólo hay un vínculo íntimo entre el paisaje ondulado de los altiplanos de Ararat y de Judea, sino también el que le imponen sus destinos históricos –la «cuestión judía» y la «cuestión armenia»–, marcados por la persecución planificada, el genocidio y la diáspora. Ese reconocimiento mutuo entre ambos pueblos fue, en palabras de Grossman, la impresión más profunda que tuvo en Armenia.

Grossman menciona *Que el bien os acompañe* por primera vez en una carta de 1961 a Semión Lipkin. Le dice que ha acabado ese trabajo «machacahuesos» –la traducción– y que, sin tomarse un respiro, ha empezado a ordenar sus impresiones del viaje. Se compara a George Sand, que acababa una novela en mitad de la noche y, sin irse a dormir, empezaba la siguiente. Con la diferencia, dice, de que ella sí publicaba: «Mi comportamiento es más difícil de entender. ¿Por qué tendría yo que sentir esa urgencia?».

A mediados de 1962, Grossman tiene la obra ya acabada y la presenta a la revista *Novi Mir*, que dirige Aleksandr Tvardovski. Fue a él a quien, en septiembre de 1960, cansado de esperar una respuesta de otra revista literaria, *Znamia*, le entregó una copia de *Vida y destino* para su valoración. Tvardovski tuvo claro entonces que el texto no salvaría la censura. En cuanto a *Que el bien os acompañe*, sí que aceptó publicarlo, a condición de que se suprimiera, precisamente, el pasaje sobre el antisemitismo ruso. Su amigo el escritor Borís Yampolski le aconsejó que no merecía la pena perder la oportunidad de publicar un texto de innegable valor literario por unos simples párrafos. «¿Y eso me lo dice usted como escritor o como judío?», le replicó, e hizo caso omiso de su consejo. Fue entonces cuando retomó el manuscrito de *Todo fluye* y se puso a escribir con total libertad, sin ningún tipo de autocensura, hasta poco antes de morir a causa de un cáncer cuyos primeros síntomas se manifestaron mientras estaba en Armenia. Si *Todo fluye* es su testamento político, *Que el bien os acompañe* es su testamento personal.

La historia del manuscrito de *Que el bien os acompañe*, como la del de *Vida y destino* o *Todo fluye*, es un reflejo de las vicisitudes de la época de Grossman. Ehrenburg escribió en sus memorias: «Dicen que hay gente que nace con estrella. Uno de los mimados por el destino podría ser, por ejemplo, Pablo Neruda. Pero la estrella bajo la que nació Vasili Grossman fue la estrella de la desgracia». Hubo algunos intentos de que *Que el bien os acompañe* viera la luz en vida de Grossman, pero finalmente llegaría a los lectores como un título póstumo. Anna Bérzer, amiga y editora de *Novi Mir*, propuso la publicación de un capítulo, el dedicado al lago Seván, en *Nedelia* [La semana], el suplemento cultural del diario *Izvestia*. Estaba prevista para septiembre de 1963, pero en el último momento se anuló. La explicación a esto nos la da Yampolski en «Último encuentro con Vasili Grossman»: «La mano de alguien o, mejor

dicho, muchas manos de funcionarios, siguiendo la indicación dada con un dedo, apartaron de manera certera y atrozmente implacable a Grossman de los planes editoriales, las reseñas de los críticos, los trabajos de investigación literaria, las listas de vivienda y, en general, de todo trato de favor, como ocurrió en su día con Mijaíl Bulgákov, Anna Ajmátova, Andréi Platónov y, antes de ellos, Ósip Mandelstam». Semión Lipkin, con la ayuda de la escritora Silva Kaputikián, consiguió en 1965 publicar *Que el bien os acompañe* en la revista en lengua rusa *Literatúrnaia Armenia* [Armenia literaria], sin el pasaje relativo a la cuestión judía. Con ese antecedente, Lipkin volvió a proponérselo al editor de *Novi Mir* sin éxito. En 1967, se publicó un volumen en la editorial Sovietski pisatel con algunos relatos suyos junto con *Que el bien os acompañe*, aunque muy mutilado: en la era Brézhnev las referencias a Stalin y la crítica a su figura se volvían a mirar con lupa. Lo mismo en cuanto a los nacionalismos o las alusiones a que en la luminosa Unión Soviética, el paraíso del proletariado, hubiera lugares, como en las zonas rurales armenias, en que se viviera en condiciones propias del siglo XIX.

En Rusia, la primera versión íntegra de *Que el bien os acompañe* no se publicó hasta 1988 en una edición preparada por su hija para la revista *Znamia*. La traducción de Grossman del libro de Kochar se publicó en Ereván en 1962 y en Moscú en 1966 y 1971, y se reeditó en 1989 con una gran tirada de 200.000 ejemplares poco después de la primera edición en Rusia de *Vida y destino*. El estrangulamiento editorial de las obras del Grossman disidente fue efectivo durante unas décadas. El hecho de que sus textos posteriores a 1953 no circularan tampoco en copias clandestinas hizo que Grossman quedara fijado en el imaginario colectivo como un escritor soviético de la vieja escuela. Aun así, el mismo tiempo que moldea lentamente la roca también acaba por poner en su lugar el valor de una obra literaria. Como expresó Grossman en 1960, para reivindicar a otro autor silenciado, Andréi Platónov, «la fama de un autor no siempre se corresponde, plenamente y con toda justicia, con su importancia real y su verdadera posición en el mundo de la literatura. El tiempo es un juez implacable de la fama literaria inmerecida. Sin embargo, el tiempo no es enemigo del valor literario genuino; al contrario, es un amigo bueno y razonable, así como un custodio sosegado y leal».

MARTA REBÓN Y FERRAN MATEO
Barcelona, enero de 2019